Elvira Hoffmann

Das Internat am Genfer See

Einer zu viel

SCHNEIDER BUCH

Die Deutsche Bibliothek – CIP-Einheitsaufnahme

Das Internat am Genfer See. – München : F. Schneider

Bd. 10. Einer zu viel / Elvira Hoffmann. – 1998
ISBN 3-505-10756-5

Dieses Buch wurde auf chlorfreies, umweltfreundlich hergestelltes Papier gedruckt. Es entspricht den neuen Rechtschreibregeln.

Der Schneider Verlag im Internet:
http://www.schneiderbuch.de

Schleißheimer Straße 267, 80809 München

Titelfoto: Dominik Parzinger
Umschlaggestaltung: ART-DESIGN Wolfrath, München
Herstellung/Satz: FIBO Lichtsatz GmbH, München
Druck: Presse-Druck, Augsburg
Bindung: Conzella Urban Meister, München-Dornach
ISBN 3-505-10756-5

Inhalt

Ein Schloss und keine Wunschadresse

„Opa?“

„Hm?“

„Weinst du heut Nacht, weil ich dir Leid tue?“

„Bestimmt nicht.“ Der ältere Herr blieb stehen, setzte Isabelles Koffer ab und atmete tief durch. „Warum sollte mir ein Mädchen Leid tun, das in einem Schloss leben darf?“

„In ein Internat abgeschoben wird“, berichtigte Isabelle mit trotziger Stimme.

„Ha!“, entgegnete er. „Nichts wär mir lieber gewesen, als dass meine Eltern mich in ein Internat am Genfer See abgeschoben hätten.“ Er schirmte seine Augen mit der Hand ab und blickte in die Ferne. Dazu machte er ein Gesicht wie jemand, der sich gleichzeitig freut und wundert. „Im Prospekt steht, dass man vom Schlosshügel aus den Montblanc erkennen kann. Jedenfalls bei guter Sicht.“ Der stattliche Herr mit der grauen Igelfrisur geriet ins Schwärmen: „Gepflegte Gärten und Parkanlagen vor uns und der glitzernde Genfer See hinter uns. Du Glückspilz!“

„Bei dir auf dem Fluss hat es mir tausendmal besser gefallen.“

„Ehrt mich, mein Kind. Fortsetzung folgt in den Sommerferien.“

„Ein Hausboot ist schöner als ein Schloss aus dem 16. Jahrhundert.“

Der alte Herr nahm die beiden Koffer wieder auf und sagte: „Du willst deine schlechte Laune demonstrieren. Bitte sehr, von mir aus. Ich wollte schon immer mal mit einer Meckerziege durchs Paradies ziehen.“ Geradezu ehrfürchtig schritt er unter dem verwitterten steinernen Bogen mit dem moosbewachsenen Wappen hindurch auf ein zweites Tor zu. Es lag am Ende eines steil ansteigenden Ganges, der mit Kopfstein gepflastert war. Isabelle trottete mit finsterer Miene hinterher. Eben wollte er die Koffer auf der niedrigen Mauer absetzen, die eine Terrasse mit atemberaubendem Ausblick umgab, da tat sich die dunkle Holztür des Schlossgebäudes auf. Heraus trat eine große, robust wirkende Frau mit wirren braunen Locken und freundlichen Rehaugen. Sie strahlte übers ganze Gesicht, als sie auf die Besucher zuging.

„Monsieur Santer und Isabelle, nehme ich an? Grüezi! Ich bin Wilma Wälterli, meines Zeichens Wirtschafterin.“ Sie sprach langsam und betulich, wie man es den Menschen aus dem Berner Oberland nachsagt. Von dort stammte die tüchtige Frau, der gute Geist der Stiftung Gustave Vermont.

Isabelle war erleichtert. Madame Wälterli gefiel ihr. Sie wirkte warmherzig und heiter, was wohl tat, wenn man sich mies fühlte. Die Ankunft hier in der Schweiz wurde vom Abschiednehmen in Deutschland überschattet, da mochte die Aprilsonne noch so hell scheinen. Im letzten Sommer hatte sie sich von den Eltern und der Wohnung in Straßburg trennen müssen und vorübergehend beim Großvater in der Nähe von Frankfurt ein Zuhause gefunden. Jetzt galt es schon wieder sich umzustellen. Zwei Abschiede von den drei Menschen, die ihr die liebsten auf der ganzen Welt waren, na, das wollte verkraftet werden!

„Guten Tag, Madame. Mein Name ist Herbert Finkenwerder. Ich bin der deutsche Großvater meiner französischen Enkelin Isabelle Santer."

Madame Wälterli schlug sich mit der flachen Hand vor den Mund und rief aufgeregt: „Herbert Finkenwerder, sagten Sie? Doch nicht etwa der Herbert Fin..., der Krimiautor?"

„Erraten, Madame. Aber sagen Sie: In dieser noblen Umgebung verschlingt man Geschichten von Mord und Totschlag? Ich dachte, in einem Schloss läsen Damen vorzugsweise Liebesromane."

„Bewahre! Mir geht nichts über Krimis. Freilich lese ich nicht im Schloss, Herr Finkenwerder. Ich wohne links davon im ehemaligen Gärtnerhaus."

„Das erklärt alles", sagte er schmunzelnd.

Madame Wälterli konnte sich gar nicht beruhigen. „Neununddreißig Jahre alt musste ich werden", sagte sie laut vor sich hin, „bevor ich dem ersten leibhaftigen Krimiautor begegnen durfte."

„Ich war siebeneinhalb Monate mit Opa auf dem Hausboot", tat sich Isabelle nun wichtig. „Wenn ich aus der Schule kam und Grandpère noch schreiben musste, bin ich in die Kombüse gegangen und hab uns Kaffee gekocht. Ich kann auch Schnitzel braten und Fisch. Ach, wir hatten's so toll an Bord!" Sie seufzte tief und rollte die Augen zum Himmel.

„Ein schauspielerisches Talent", bemerkte der Großvater trocken.

„Davon gibt es bei uns einige", sagte die Wirtschafterin und lächelte schief. Dann erinnerte sie sich ihrer Pflichten. „Komm, Isabelle, ich zeige dir dein Zimmer. Es liegt im ersten Stock. Du teilst es mit Louise-Simone aus Réunion; das ist eine Insel im Indischen Ozean. Später bringe ich dich zu Monsieur Corman, dem Schuldirektor, und zu seiner Schwester, Madame Corman. Sie leitet das Internat.“ Sie wandte sich an Isabelles Großvater. „Wollen Sie mitgehen oder hier warten, bis ich zurück bin? Ich würde Ihnen gern einen Imbiss reichen.“

„Das holen wir ein andermal nach, Madame. Mein Taxi wartet an der Straße. In einer Stunde geht mein Zug in Genf. – Und nun zu dir, du meiner einzigen Tochter einziges Kind: Mach’s gut, Mädchen, und hab Dank für deine Hilfe an Bord.“ Er reichte seiner Enkelin die Hand und küsste sie auf beide Wangen. „Kein Wasser, Veilchenauge! Du hast es versprochen!“

Die Tränchen kullerten trotzdem wie beim Zwiebelschälen. Isabelle schniefte und sagte: „Ich weine nicht richtig, Opa, meine Augen freuen nur ein paar Tränen raus, weil’s bei dir so schön war.“

„Schon recht. Zu deinem Geburtstag versuche ich zu kommen. Vorher werden wir einander Briefe schreiben.“

„Geht klar. Tschüs, Opa. Grüß Doktor Watson.“

„Das ist mein Hund“, erklärte Herr Finkenwerder und Madame Wälterli nickte verstehend.

„Hier gibt es auch einen Hund“, tröstete sie Isabelle. „Er heißt zwar nicht Doktor Watson, wie Sherlock Holmes’ Assistent, sondern César und ist eine Promenadenmischung. Aber du wirst ihn mögen.“ Sie nickte Isabelles Großvater zu. „Auf Wiedersehen, Herr Finkenwerder. Schenken Sie Ihren Lesern noch viele spannende Geschichten. Gute Heimfahrt.“

„Danke, Madame. Auf bald.“

„So, Isabelle“, sagte Madame Wälterli energisch, „wir steigen jetzt die Treppe hoch in den ersten Stock. Im zweiten Zimmer rechts wirst du schon sehnsüchtig erwartet."

Als sie an der obersten Stufe angekommen waren, wurde die Tür aufgerissen und ein schmales, langbeiniges Mädchen mit dunklem, kurz geschnittenem Haar rief: „Hallo, hi, bonjour!" Sie streckte Isabelle die Hand entgegen. Dann umkreiste sie ganz ungeniert die neue Zimmerkameradin. „Du siehst nett aus", gab sie das Ergebnis ihrer Musterung bekannt. „Dein Haarreifen ist zum Klauen schön. Wie ein Samt-Regenbogen sieht er aus. Er passt gut zu deinem hellblonden Haar und zu dem Rucksack. Der hat auch die schillernden Farben. Richtig schick. Ich bin Louise-Simone Montand. Herzlich willkommen im Zimmer der Zwei- und Mehrbeiner."

„Hallo, Louise-Simone. Ich heiße Isabelle Santer." Suchend sah sie sich um. „Wo stecken denn die Mehrbeiner?"

„Papperlapapp!", warf Madame Wälterli ein. „Mademoiselle Montand ist manchmal ein bisschen verrückt. Dann bringt sie Mistkäfer und Ameisen und was weiß ich mit in ihr Zimmer und stülpt ein Glas über sie um sie zu beobachten. Studieren nennt sie das. Sie wird sich noch eine schreckliche Krankheit einfangen, wenn sie das nicht unterlässt."

Isabelle sagte dazu lieber nichts.

„Vorsicht, Isabelle, Madame sieht in der Luft und auf der Erde nichts als Bakterien, Bazillen, Keime, Viren. Du weißt schon, diese winzigen Dinger, die uns den Tod bringen." Das Wort „Tod" sprach sie mit gespieltem Zittern in der Stimme aus.

„Es ist ungezogen, sich über mich lustig zu machen", rügte die Wirtschafterin und drehte nachdrücklich den Hahn am Waschbecken zu.

„Auch Was-ser-trop-fen kos-ten Geld“, tönte Louise-Simone respektlos, denn das war die Bemerkung, die Madame Wälterli niemals unterließ, wenn irgendwo auch nur ein Kubikmillimeter Wasser verschwendet wurde.

Die Wirtschafterin überhörte die Bemerkung. „Deine Koffer kannst du später in Ruhe auspacken, Isabelle. Komm jetzt bitte erst mit zu Madame und Monsieur Corman.“ Sie trat auf den Flur hinaus.

Louise-Simone ergriff Isabelles Hand und hielt sie zurück. „Madame hat den Spitznamen Krokotasche, weil sie wie ein Krokodil aussieht. Monsieur nennen wir nach dem ersten Teil seines Namens Cor, das Hühnerauge“, flüsterte sie, dann gab sie Isabelle einen freundschaftlichen Schubser auf den Flur hinaus und rief ihr nach: „Bis gleich!“

Kichernd folgte Isabelle der Wirtschafterin. Spitznamen gefielen ihr. „Wenn du vor jemandem Angst hast“, hatte ihr der Großvater kürzlich empfohlen, „musst du ihm heimlich einen Spitznamen verpassen. Der nimmt unleidlichen Respektspersonen einen Teil ihrer Wichtigkeit.“

„Louise-Simone ist ein wenig vorlaut“, sagte Madame Wälterli, „du solltest sie dir in der Beziehung besser nicht zum Vorbild nehmen.“

Als Isabelle Madame Corman, der großen, spindeldürren Internatsleiterin mit der üppig toupierten Hochfrisur gegenüberstand, musste sie an sich halten um nicht loszuprusten. Die vorstehenden Augen, der breite Mund und die lederne Haut erinnerten tatsächlich an ein Krokodil und einen treffenderen Spitznamen als Krokotasche hätte man wirklich nicht erfinden können.

Madame wirkte streng und unerbittlich. Sie ließ sich des

Langen und Breiten über das aus, was sich geziemt. „Etikette" war ihr Lieblingswort. Sie sehe ihre Aufgabe darin, verriet sie, die Jungen zu Kavalieren zu erziehen und die Mädchen gesellschaftsfähig zu machen, damit sie auf ein Leben an der Seite eines Diplomaten vorbereitet seien.

Isabelle tat interessiert, dachte aber bei sich, sie werde später ganz bestimmt keinen Diplomaten heiraten. Sie plante eines Tages Opas Hausboot zu übernehmen und wie er in der Kajüte Kriminalgeschichten zu schreiben. Über das Heiraten musste sie gelegentlich mal in Ruhe nachdenken. So viel stand aber heute schon fest: Auf keinen Fall würde sie ihrer Tochter – falls sie überhaupt je eine hätte – zumuten, bald hier, bald da, mal bei diesem, mal bei jenem zu leben. Rabeneltern waren das, die ihre Kinder herumschubsten, jawohl!

„Die Schülerinnen und Schüler des Internats kommen aus aller Herren Länder", wurde sie von der Krokotasche belehrt. „Louise-Simone stammt aus Réunion, Laura aus Montreal, Jinxing aus China, Jemila aus Indien, Inga aus Dänemark, Carlotta aus Mailand, Meryl aus den USA, Jarouz und Ali sind Araber, Tom hat seine Heimat in Afrika. Jede und jeder ist auf seine Weise Repräsentant des Heimatlandes. Sei dir deshalb bitte jederzeit bewusst, dass du Frankreich vertrittst. Ihr alle habt euch so zu betragen, dass ihr gute Botschafter eures Landes seid. So, Isabelle, und nun lass dich dem Herrn Direktor vorstellen."

Sie sagte nicht „meinem Bruder", sondern kühl und distanziert „dem Herrn Direktor". So was von etepetete, wie es ihr Großvater ausdrücken würde, war Isabelle noch nicht begegnet. Sie nahm sich vor, dem Krokodil aus dem Weg zu schwimmen, und hoffte, dass das möglich war.

Monsieur Corman kam hinter seinem Schreibtisch hervor, als seine Schwester mit der Wirtschafterin und der neuen Schülerin eintrat. Er trug einen grauen Anzug mit Weste, ein hellblaues Hemd und eine langweilige Krawatte. Wie seine Schwester ließ auch er bei jungen Menschen nicht gerade den Wunsch nach häufiger Begegnung entstehen. Seine überkorrekte Art schaffte Abstand und mit seinem Herumreiten auf irgendwelchen Vorschriften ging er dem gesamten Personal und allen Schülern gleichermaßen auf die Nerven. Eine Marotte von ihm war, jede kleine Verfehlung mit gelben Zetteln zu ahnden. Er gab ihnen ungefähr die Bedeutung einer gelben Karte, wie sie ein Schiedsrichter Fußballspielern zeigte, die gegen die Regeln verstießen. Für die Empfänger waren die Zettel natürlich nichts als ein Ärgernis.

Der Schuldirektor nahm einen Schnellhefter vom Schreibtisch. „Dein Vater und deine Mutter sind für die Internationale Meteorologische Organisation im Gebiet um den Nordpol tätig“, las er näselnd vor, als wüsste Isabelle nicht selber, wo sich ihre Eltern aufhielten. „In spätestens einem Jahr werden sie in Genf Wohnung nehmen. Dann wirst du unser Internat verlassen. Die Schule kannst du dann weiterhin besuchen. Ich erwarte von dir, dass du die Zeit nutzt um Fortschritte zu machen. In Mathematik hast du offenbar gebummelt.“

„Wohnung nehmen“! Isabelle hätte das Hühnerauge gern ausgelacht wegen seiner gestelzten Sprache, die ihr so altertümlich vorkam wie das Schloss. Stattdessen erwiderte sie, so höflich es ging: „Entschuldigung, ich habe nicht gebummelt, Herr Direktor. Ich bin ohne Rechenverstand auf die Welt gekommen.“

„Nun, liebes Kind, solche Geburtsfehler lassen sich korrigieren, nicht wahr? Ich werde Herrn Meunier anweisen sich darum zu kümmern. Maurice Meunier ist ein besonders befähigter Mathematiklehrer."

Hilfe!, rief es in Isabelle, Hilfe, Hilfe! In der Klasse des Gymnasiums, das sie ein halbes Jahr besucht hatte, waren mehr als ein Dutzend schwache Rechner gewesen. Da hatte sich das Interesse des Mathelehrers hübsch auf viele Schafsnasen verteilt. In Zukunft aber würde sie im Mittelpunkt der Bemühungen eines Fachlehrers stehen. Sie musste für alle Fälle einen Fluchtplan ausarbeiten. Geld für die Bahnfahrt besaß sie zum Glück.

Sie ging allein zurück auf ihr Zimmer. Madame Wälterli wurde anderweitig gebraucht.

„Das hat aber lange gedauert", sagte Louise-Simone vorwurfsvoll. „Christine war hier um dir Guten Tag zu sagen."

„Wer ist Christine?"

„Komm mit ins Gärtnerhaus, ich stelle sie dir vor." Louise-Simone rannte voraus, die Treppe hinunter, über den Kiesweg auf ein Gebäude zu, das links vom Schloss vor einem hübsch angelegten Rosengarten stand. Sie brauchte nicht zu läuten: Christine Papidou, eine zierliche junge Frau mit einem dunklen Zopf, der ihr bis zur Taille reichte, schaute aus einem der Fenster ihres Appartements.

„Hallo, ihr beiden", rief sie den Mädchen zu. „Hereinspaziert, hereinspaziert!"

„Wieso wohnt Christine nicht im Schloss?", fragte Isabelle.

„Weil sie Erzieherin ist und keine Schülerin."

„Erzieherin? Aber sie ist doch nicht viel älter als wir."

„Doch, sie hat schon die Zwanzig gepackt."

Bevor Isabelle das ehemalige Gärtnerhaus betrat, fragte sie

unangenehm berührt: „Wozu brauchen wir überhaupt eine Erzieherin? Sind wir denn hier noch im Kindergarten?“

„Christine ist nicht so, wie du denkst.“

Das klang Isabelle zu vage. Doch ehe sie nachhaken konnte, war Louise-Simone schon die Treppe hochgestürmt. Isabelle folgte ihr ohne große Begeisterung. Aber dann hieß Christine sie so herzlich willkommen, dass sie ihre Vorbehalte gegen die Anwesenheit einer verordneten Überwacherin aufgab. Sie durfte auf dem blauen Sofa Platz nehmen und die vielen Bilder von spielenden, lachenden und weinenden Clowns an den Wänden betrachten.

Christine reichte den Mädchen Zitronenlimo und stellte eine Schale mit Obst auf den Tisch. Sie selbst trank Kaffee, in dem sie kleine Schokoladentäfelchen auflöste. Zu Isabelle sagte sie: „Samstags oder sonntags fahren die meisten nach Genf um ins Kino zu gehen oder sich mit befreundeten Externen zu treffen. Externe sind Schüler, die nicht im Internat wohnen, weil ihre Eltern in Genf oder in Villeneuve, also irgendwo in der Nähe leben.“

„Ich weiß.“

„Denk bloß nicht, eine solche Sonntagsruhe wie heute wäre bei uns der Normalzustand.“

„Christine“, unterbrach Louise-Simone das Gespräch, „Christine, ich höre was! Wer ist bei dir im Bad?“ Sie ging zur Badezimmertür und bückte sich um durchs Schlüsselloch zu äugen. „Ein Mann?“

„Ein Männchen“, antwortete Christine. „Ich habe es ausgesperrt, weil ich nicht wusste, ob Isabelle sich vor ihm fürchtet.“

„Ich habe doch keine Angst vor einem Männchen!“

Louise-Simone öffnete die Tür zum Bad, und ein Hund mit dem langen Leib eines Dackels, dem struppigen Kopf eines Spitzes und den Schlappohren eines Cockerspaniels tapste ins Wohnzimmer. Er lief sofort auf Isabelle zu und beschnupperte sie.

„Er riecht Doktor Watson", vermutete Isabelle und schüttelte Césars rechte Vorderpfote. „Grüß dich, Hund." Den andern erklärte sie: „Doktor Watson ist der graue Mittelschnauzer meines Großvaters. Von dem hab ich mich erst heute früh verabschiedet."

„César gehört uns allen ein bisschen, am meisten aber Monsieur Lapointe, dem Reitlehrer", sagte Christine. „Der ist übers Wochenende weggefahren und hat mich zum Füttern und Gassigehen verdonnert. Eigentlich könntet ihr beiden mit César zu den Platanen gehen."

„Gern", stimmte Isabelle zu. „Dann kann ich gleich mal gucken, wie's hinter dem Schloss aussieht."

„Gute Idee", meinte Christine. „Übrigens, wenn du in Zukunft irgendwelche Probleme hast, darfst du sie bei mir abladen. Dafür bin ich da. Okay?"

Isabelle nickte. Wenn der erste Eindruck nicht trog, verkörperten Madame Wälterli und Christine die menschliche Seite im Internatsbetrieb. Ganz im Gegensatz zu Madame und Monsieur Corman.

Der Fund und die Folgen

César schien zu spüren, dass Isabelle am ersten Tag in der fremden Umgebung ein Zeichen der Zuneigung brauchte: Er nahm sich kaum Zeit an den Platanen das Bein zu heben, schon ging er wieder bei Fuß. Sobald Isabelle stehen blieb, drängte sich César dicht an sie. Er hätte ihr nicht anschaulicher zeigen können, dass sie für ihn bereits dazugehörte.

Rechts vom Schloss, durch einen überdachten Gang mit ihm verbunden, lag das Seniorenstift. Hier wohnten fünfzehn alte Menschen, um die sich je zwei Internatsschüler kümmern sollten. Einige der betagten Damen und Herren waren freilich nicht besonders glücklich darüber und manche verbaten sich rundheraus die Besuche der Kinder. Nicht so Madame Allégret, deren Betreuung Louise-Simone übernommen hatte. Die freundliche alte Dame war jahrzehntelang in allen Teilen der Erde für die in Genf ansässige Weltgesundheitsorganisation unterwegs gewesen. Nach einem arbeitsreichen Leben hatte sich die kinderlose Witwe um eine Wohnung in der Stiftung Gustave Vermont bemüht. Sie hatte ziemlich viel Geld und kam für die Kosten ihres teuren Aufenthaltes selbst auf.

„Bin gleich wieder da“, sagte Louise-Simone und betrat das Seniorenstift. „Ich will nur fragen, wann Madame Allégret dich kennen lernen möchte. Wir sind nämlich ab heute beide für sie zuständig. Mit dem Hund dürfen wir nicht ins Stift, sonst könntest du jetzt sofort mitkommen.“

Kaum war Louise-Simone im Gebäude verschwunden, zerrte César an der Leine. Er zog Isabelle aber nicht etwa ins Haus, sondern zu einer Bank in dem schönen Garten, der zum Seniorenstift gehörte. Dann sah sie, was den Hund lockte: ein riesiges Stück Dauerwurst. César verschlang es so gierig, als hätte er bei Christine nichts zu fressen bekommen. Neben der Wurst lag noch etwas, das jedoch nicht so ohne weiteres essbar war. César versuchte es zwar, doch dann apportierte er seinen Fund.

Isabelle nahm ihm ein kleines schwarzes Portmonee aus dem Maul. „Igitt, hast du das vollgesabbert." Sie tat, als sei sie angeekelt. Mit spitzen Fingern öffnete sie die Geldbörse. „Zehn, zwanzig, achtundzwanzig Franken", zählte sie. Hund und Kind schauten einander an. „Du hast die Wurst gefressen", stellte Isabelle mit erhobenem Zeigefinger klar. „Dafür stecke ich das Geld mal erst weg. Ob ich es im Internat abliefere?", dachte sie laut nach. „Nein", gab sie sich gleich darauf die Antwort. „Könnte sein, mir passiert das Gleiche wie Opa: Der gab mal ein gefundenes Portmonee ab, und derjenige, der es verloren hatte, behauptete, es seien hundert Mark mehr drin gewesen. Nein, César, so ein Wirbel ist nichts für mich. Ich seh mich schon vor Hühnerauge stehen und schwören, ich hätte ganz bestimmt keinen Hundert-Franken-Schein aus dem Geldbeutel genommen."

César wedelte mit dem Schwanz und gab ihr Recht.

Louise-Simone kam aus dem Stift. „Vor dem Abendbrot sollen wir auf einen Sprung zu Madame Allégret kommen!", rief sie Isabelle zu. „Sie geht dann mit uns zusammen zum Essen. Los, wir bringen César zu Christine zurück. Ich helfe dir beim Kofferauspacken."

Isabelle ließ den Fund unauffällig in der Tasche ihrer karierten Hose verschwinden und lief mit César über den Kiesweg zum ehemaligen Gärtnerhaus. Später im Zimmer wusch sie sich gründlich die Hände. Seit sie in einem Lehrfilm eine tausendfach vergrößerte Darstellung davon gesehen hatte, wie sich Bakterien innerhalb kürzester Zeit auf der gewaschenen Hand bildeten und vermehrten, seifte sie sich mehrmals am Tag mit wahrem Eifer die Hände ein. Erst recht, wenn sie mit Hundespeichel in Berührung gekommen war.

„Deine Reinlichkeit beschränkt sich hoffentlich nicht auf die Hände?“, hatte Großvater Finkenwerder einmal bemerkt, nachdem sie in der ersten Woche auf dem Hausboot das Duschen vom Morgen auf den Abend und wieder auf den nächsten Morgen verschoben hatte. Aber Isabelle war selten um eine Antwort verlegen. „Alles, was ich anziehe, klebt auf der Haut, wenn ich gebadet oder geduscht habe“, erklärte sie. „Ich kann mich vorher noch so toll trocken gerubbelt haben. Meine Hände dagegen, die werden schnell trocken und außerdem muss ich ihnen nichts anziehen, verstehst du?“

„Ja. Wenn ich deine Argumente auch schlecht nachvollziehen kann“, hatte der Großvater erwidert. Sie waren gut miteinander ausgekommen, der alte Mann und das Mädchen. Zu dumm, dass die Eltern aus Isabelles begeisterten Berichten den Schluss zogen, der Großvater lasse ihr alles durchgehen, sodass sie womöglich bei ihrer Rückkehr eine verzogene Tochter vorfinden würden. Dagegen half nur eins: das Internat am Genfer See, in dem schon Isabelles Cousin gewesen war.

„Du hast ja nur hübsche Sachen! Super, klasse, toll!“, staunte Louise-Simone beim Kofferauspacken. „Hast du was dagegen, wenn wir unsere Klamotten ab und zu tauschen?“

„Mal sehen", antwortete Isabelle ausweichend. Ihr gefiel nichts von dem, was Louise-Simone trug. Aber das konnte sie ihr unmöglich direkt ins Gesicht sagen.

„In den nächsten Tagen kommen zwei Haushilfen und bügeln Namensschilder in deine Sachen", erzählte Louise-Simone, während sie einen Stapel Nachtwäsche in Isabelles Fach legte. „Trotzdem kannst du nicht sicher sein, dass die Wäscherei alles vollzählig zurückbringt. Ich vermisse inzwischen zwei Teile. Um die ist es allerdings nicht schade. Ich hab nur Schrott."

„Hast du dir deine Sachen nicht selbst ausgesucht?"

„Nein. Manchmal schicken mir meine Eltern ein Paket. Da ist dann Zeug zum Anziehen drin, was ich tragen muss, weil ich nichts anderes hab. Sie arbeiten in Entwicklungsländern und glauben wunders was sie mir für einen Gefallen tun, wenn sie mir so einen Trödelkram schenken." Sie warf sich aufs Bett und boxte wild auf das Kopfkissen ein. „Dafür, dass ich im ganzen Internat am schlechtesten gekleidet bin, soll ich mich dann auch noch bedanken." Sie setzte sich auf den Bettrand und fragte: „Kennst du George Orwell, der ‚Die Farm der Tiere' geschrieben hat?"

„Klar."

„Dem ist es auch so ergangen wie mir. Er hat ungefähr gesagt: ‚Die größte Grausamkeit, die man einem Kind antun kann, ist, es auf eine Schule mit lauter Kindern zu schicken, die reicher sind.'"

Isabelle winkte ab. „Dein Vater ist Diplomat, also seid ihr nicht arm. Eltern sind einfach manchmal so", tröstete sie Louise-Simone. „Nicht nur deine. Wenn ich früher nicht aufessen wollte, hieß es: ‚Denk an die vielen hungernden Kinder in der Welt, die gern an deiner Stelle wären.' Davon, dass ich mich überfresse, hat doch kein hungriges Kind ein Stück Brot, oder? Und die nackten Kinder, die deine Eltern jeden Tag sehen, haben noch lange nichts anzuziehen, wenn du ...", sie schaute Louise-Simone kurz an, „... ein ausgeleiertes T-Shirt und eine Schlabberhose trägst, die dir nicht gefallen."

„Genau!" Louise-Simone stand auf und strich flüchtig die Bettdecke glatt. Dann trat sie an den Schrank. „Also, was ist jetzt? Leihst du mir manchmal den Pepitarock oder die hellblauen Jeans oder die Latzhose mit dem Schottenmuster oder diese tolle Bluse mit Snoopy und seiner Hundehütte drauf?"

„Sonst noch einen Wunsch?"

Madame Allégret aus dem Seniorenstift war Isabelle zwar nicht unsympathisch. Doch dass die alte Dame sie darüber ausfragte, wo sie schon überall gewesen sei, um sie dann ständig mit einem „Kenne ich. Hab ich oft besucht!", zu unterbrechen, fand Isabelle nervig.

„Monsieur Dix war vorhin bei mir", berichtete die Seniorin. Sie zwinkerte Louise-Simone zu und ergänzte: „Dein Monsieur Salami."

Louise-Simone wandte sich an Isabelle und erklärte: „Monsieur Dix hat lange am Eismeer gelebt und sich dort angewöhnt auf getrocknetem Fisch herumzukauen. Weil er den hier nicht bekommt, mümmelt er immerzu luftgetrocknete Dauerwurst. Deswegen nenne ich ihn Monsieur Salami. Was wollte er denn von Ihnen, Madame Allégret?"

„Er vermisst seine Geldbörse."

Isabelle zuckte zusammen, aber die anderen nahmen keine Notiz davon.

Louise-Simone lachte und flachste: „Mit Geld oder mit Wurst drin?"

„Mit einer größeren Summe Franken, soviel ich weiß. Aber nun lasst uns zum Abendessen hinübergehen. Ich bin gespannt, was uns der schöne Jean heute Abend vorsetzt."

„Jean Lützelin hält sich für den bestaussehenden Europäer und für den genialsten Koch der Welt."

Isabelle hörte nur mit halbem Ohr hin. Sie führte gerade ein stummes Selbstgespräch. Eine größere Summe Franken, überlegte sie. Sind achtundzwanzig Franken eine größere Summe? Für einen Erwachsenen bestimmt nicht. Also wird Monsieur Salami genau das tun, was ich befürchtet habe: hundert Franken Verlust hinzudichten. Wenn ich zugebe das Geld gefunden zu haben, wird mir dasselbe blühen wie Opa damals.

„Träumst du?", fragte Louise-Simone ganz dicht vor Isabelles Gesicht.

Als Isabelle am nächsten Morgen aus dem Bad kam, stand Louise-Simone vor dem Schrank und warf ihr einen herausfordernden Blick zu. „Ja, guck nur. Ich hab mir deine karierte Hose ausgeliehen. Sie steht mir zu als Schweigegeld."

Isabelle erschrak, fasste sich aber sofort wieder und fuhr ihre Zimmergenossin an: „Das ist gemein! Du hast meine Sachen durchwühlt. Das ist wirklich das Letzte!"

„Und du?", giftete Louise-Simone. „Du bist eine Diebin. Ich könnte dich verraten. Aber ich tu's nicht. Stattdessen leih ich mir eine Hose aus, die du garantiert heute nicht anziehen wirst, weil du sie schon gestern bei der Ankunft getragen hast. Was ist wohl schlimmer, he?"

„Ich bin keine Diebin", verteidigte sich Isabelle hilflos. „Das Portmonee hab ich César abgenommen."

„Du wusstest, dass es Monsieur Salami gehört. Darum bist du eben schon eine Diebin. Von mir aus auch eine Fundunterschlagerin."

„Monsieur Salami hat angeblich viel Geld verloren. In der Börse stecken aber nur achtundzwanzig Franken. Also kann dies hier unmöglich Monsieurs Geld sein."

„Haha, hihi, hoho", feixte Louise-Simone. „Wenn du das der Krokotasche erzählst, dann will ich Mäuschen sein. Na, das wird ein Theater geben!"

„Du willst mich doch verpetzen?"

„Bist du schwerhörig? Ich habe gesagt, dass ich dich nicht verrate. Aber es wird wohl erlaubt sein, sich die Krokotasche und dich vorzustellen."

„Ich weiß nicht, ob ich dir trauen kann. Eher nein."

„Ich warne dich. Vor dir war Jeanne aus Kanada mit mir im Zimmer. Die hab ich vergrault, weil sie jeden Tag ihr Geld nachgezählt hat und ihre Angeberklamotten. Sie hat mich behandelt wie eine Klapptomanin."

„Du meinst Kleptomanin."

„Ist doch piepegal. Jedenfalls lasse ich mir nichts gefallen. Dich kann ich genau wie sie rausekeln, wenn du mir auf die gleiche Tour kommst."

„Und ich, ich lasse mir nicht drohen. Ich lasse mich auch nicht erpressen, dass du's weißt. Wenn du mich verrätst oder gemein zu mir bist, sage ich Luc Santer Bescheid. Das ist mein Cousin, der bis letzten Sommer hier im Internat war. Er wohnt in Genf, macht Karate, ist bärenstark und superintelligent. Und weil er bei der internationalen Geistesolympiade für das Internat eine Medaille gewonnen hat, schätzen ihn die Cormans mehr als alle anderen ehemaligen Schüler." Dass sie ihren Cousin Luc nur vom Hörensagen kannte, er den Fotos nach zu urteilen klein und dünn war, sich ihres Wissens nie an Wettbewerben beteiligt hatte und seit Monaten in Paris lebte, weil er dort studierte, behielt Isabelle für sich. Sie war nicht streitsüchtig. Aber wenn sie sich notgedrungen wehren musste, war ihr fast jedes Mittel recht. Erfundene Geschichten hatten sie schon aus den peinlichsten Zwangslagen befreit. Manche Leute hatten solche Geschichten hässlicherweise „Lügen" genannt, aber die kapierten nichts und waren ohne einen Funken Fantasie.

„Von mir aus kannst du dir deinen blöden Cousin einsalzen. Geistesolympiade! Wenn ich das schon höre! Ich gehe jetzt zum Frühstück, und zwar in deiner Hose. Basta!"

Die Krokotasche führte die Tasse zum Mund und setzte sie gleich wieder ab. „Jean-Pierre, würdest du bitte essen und nicht schlingen? Und du, Carlotta, nimmst beim Essen Haltung an, wenn ich bitten darf, sonst üben wir noch einmal mit einem Besenstiel im Rücken und zwei Büchern unter dem Arm."

Isabelle sah unsicher zu Christine hinüber, die sichtlich mit den Gerügten litt. Die Erzieherin fing den Blick auf und lächelte ihr aufmunternd zu. Isabelle fasste einen Entschluss. Möglichst unauffällig deutete sie mit dem Zeigefinger erst auf Christine, dann auf sich, dann Richtung Tür. Christine nickte. Sobald sich Madame Corman erhob und damit zu erkennen gab, dass das Frühstück beendet sei, drängte Isabelle zum Ausgang und erwartete die Erzieherin auf dem Flur.

„Es ist soweit. Ich hab schon das erste Problem", sagte sie.

Christine legte den Arm um Isabelle. „Schieß los."

Isabelle berichtete von ihrem Fund, von Madame Allégrets Mitteilung, von Großvater Finkenwerders Erlebnis und schließlich von Louise-Simones Verhalten.

„Gib mir das Portmonee beim Mittagessen, aber möglichst so, dass es keiner sieht. Ich werde es Monsieur Dix zurückgeben ohne deinen Namen zu erwähnen. Ihm traue ich zwar nicht zu, dass er Geld zurückfordert, das er gar nicht besessen hat. Aber falls er es doch tut, hast du damit nichts zu tun. Einverstanden?"

„Ja, Christine, danke."

„Und mit Louise-Simone versuchst du erst einmal ohne mich klarzukommen. Zur Not kann ich immer noch eingreifen."

„Wenn du meinst."

Die Erzieherin übergab dem alten Herrn das Portmonee nach dem Mittagessen. Vorher hatte sie sich davon überzeugt, dass sie bei ihrem Gespräch unbeobachtet waren. An Christines Darstellung, César habe die Geldbörse von einem Streifzug durch den Park mitgebracht, hegte Monsieur Dix keine Zweifel. Er schmunzelte und sagte: „Als Hund sollte er sich einen Knochenvorrat zulegen und keine Münzsammlung. Aber er verdient einen Finderlohn. Ich werde ihm bei Gelegenheit ein Stück Wurst bringen."

„Würden Sie sich bitte vergewissern, Monsieur, dass kein Geld fehlt?"

„Liebe Christine, glauben Sie denn, das Tier habe etwas davon ausgegeben?"

Die Erzieherin lachte. „Würden Sie trotzdem bitte nachsehen?"

Er warf einen flüchtigen Blick in die Geldbörse. „Ehrlich

gesagt, meine Liebe, weiß ich gar nicht genau, wie viel drin war. Aber da Sie es waren, die César das Portmonee aus dem Maul genommen hat ..." Christine ließ ihn in dem Glauben. „... gehe ich davon aus, dass es aufs Fränkli genau den Betrag enthält, den ich verloren hatte."

„Ihr Vertrauen ehrt mich. Sie sind sehr freundlich, Monsieur."

„Bin ich das? – Es ist Zeit für den Mittagsschlaf. Ich empfehle mich."

Isabelle fiel ein Stein vom Herzen, als Christine von Monsieur Salamis Reaktion berichtete. Noch mehr Ärger als den mit Mathe würde sie heute kaum mehr durchstehen. Wenige Stunden erst war es her, dass der von ihr mit Herzklopfen erwartete Monsieur Meunier den Klassenraum betreten hatte. Schwungvoll und gut gelaunt war er hereingekommen. Isabelle hatte Mut gefasst. Vor ihr stand kein verbissener Pauker, sondern – zumindest dem ersten Eindruck nach – ein fröhlicher Mensch, mit dem sie eigentlich klarkommen müsste. Doch gleich nachdem sie ein vergnügt klingendes „Guten Morgen allerseits" vernommen hatte, war ihre Hoffnung jäh zunichte geworden: Monsieur Meunier hatte sich die Hände gerieben und gefragt, wo sich der vom Herrn Direktor angekündigte Neuzugang befinde, jenes bedauernswerte Geschöpf, das ohne Rechenverstand auf die Welt gekommen sei. Alle hatten Isabelle angeschaut und sich an ihrer Verlegenheit geweidet. Jedenfalls war es ihr so vorgekommen.

Nach diesem unangenehmen Auftakt empfand sie Christines gute Nachricht als doppelt wohl tuend. „Ich bin also aus dem Schneider?"

„Aber ja", sagte Christine lächelnd.

Lousi überspannt den Bogen

Erst abends im Bett musste Isabelle feststellen, dass sie sich zu früh gefreut hatte.

„Übermorgen werde ich zwölf", sagte Louise-Simone in die Stille hinein. „Das Paket von meinen Eltern liegt schon bei der Wirtschafterin." In trotzigem Ton sprach sie weiter: „Madame Wälterli braucht mir eigentlich nur den Brief zu geben. Alles andere sind doch nur wieder Lumpen von irgendeinem Basar."

„Warum schreibst du deinen Eltern nicht, dass du dir deine Klamotten lieber selbst aussuchen möchtest?"

„Sehr schlau! Als ob ich das nicht schon längst getan hätte. Weißt du, wie sie das nennen, was sie mit mir anstellen?" Sie wartete Isabelles Antwort nicht ab, sondern fuhr mit verächtlicher Stimme fort: „Erziehungsmaßnahme!"

„Au weia!"

„Genau. Christine meint, sie haben vielleicht Angst, dass ich im Luxus ertrinken würde, darum würden sie versuchen, mich bescheiden zu machen." Sie tippte sich mit dem Daumen an die Brust. „Ich bin angeblich ein Luxuskind, das wie eine Prinzessin im Prunkschloss lebt. Da sind sie drauf gekommen, mich wie Aschenputtel rumlaufen zu lassen. Auf alle Fälle habe ich übermorgen Geburtstag. Und ich fände es gerecht, wenn du mir die Bluse mit Snoopy auf der Hundehütte schenken würdest."

Isabelle fuhr hoch. „Gerecht? Du bist ja behobelt! Die Bluse war unverschämt teuer! Nur weil ich sie so toll fand, dass ich meinem Großvater tagelang damit in den Ohren lag, hab ich sie überhaupt gekriegt. Glaubst du im Ernst, ich verschenke so etwas?"

„‚Den Geizhals und das fette Schwein sieht man im Tod erst nützlich sein.' Wirst schon sehen, was du davon hast."

„Soll das heißen, du willst mich schlachten?"

„Du hast Monsieur Salamis Geld eingesackt, soviel ist sicher. Es wäre ein Leichtes für mich, es bald die Krokotasche und das Hühnerauge wissen zu lassen."

Isabelle kniff die Lippen zusammen. Gerade noch rechtzeitig war ihr eingefallen, es könne unklug sein, das Geheimnis zwischen Christine und ihr auszuplaudern ohne vorher gründlich nachgedacht zu haben. „Würdest du mir auch nur einen Knopf schenken, wenn ich dich verraten wollte, obwohl ich gestern noch versprochen hätte es nicht zu tun? Einen Dreck würdest du. Und ich genauso. Schmink dir die Snoopy-Bluse ab, Lousi."

„Ich heiße nicht Luzy."

„L-o-u-s-i, sagte ich. Drei Buchstaben von Louise, zwei von Simone. So, und jetzt lass mich zufrieden."

„Du wirst dich noch wundern", versprach Lousi.

Als Isabelle am nächsten Tag erwachte, war sofort die bange Frage gegenwärtig, ob Lousi ihre Drohung wahr machen würde. Dass sie ihr die Bluse nicht abtreten würde, stand fest. Sie könnte höchstens ein Nickituch entbehren und ein Paar Ringelsöckchen. Aber damit würde sich ein Mädchen wie Lousi nicht zufrieden geben. Die war vom Stamme Nimm.

In der Pause unterhielt sich Isabelle mit Carlotta und Jinxing und erfuhr zu ihrem Erstaunen, dass die Schüler einander vorläufig nichts Wertvolles mehr schenken durften. Das Hühnerauge habe auf einem seiner berühmt-berüchtigten gelben Zettel beklagt, unter den Internen sei die Sitte des Schenkens ausgeartet. Die Schüler hätten jedes Maß verloren. Das sei unwürdig und widerspreche dem Geist der Stiftung Gustave Vermont. Carlotta erzählte kichernd, wie es zu dem sogenannten Hühneraugenerlass gekommen war: Monsieur Cormann habe sich fürchterlich aufgeregt, weil zwei Brüder einem Mitschüler zum Geburtstag ein Reitpferd geschenkt hätten. Falls Isabelle es besichtigen wolle: das prächtige Tier stehe im Reitstall, der zum Schloss gehöre, zehn Minuten vom Rosengarten entfernt.

„Das gibt's doch nicht!", rief Isabelle ungläubig aus. „Wer hat denn so unheimlich viel Taschengeld?"

„Ziemlich einfach", entgegnete Jinxing. „Wer sich Onkel Dagobert als Papa ausgesucht hat. Die beiden Jungen sind Araber. Ihrem Vater gehört eine Ölquelle."

Nachdenklich sagte Carlotta: „Ich frage mich, warum sich einer wie Onkel Dagobert im diplomatischen Dienst abrackert. Wenn ich so reich wär, ich tät nur, was mir Spaß macht."

„Ich auch", stimmte ihr Isabelle zu. Einen Augenblick sann sie über Hühnerauges Anordnung nach. „Sagt mal, dann gibt es im Internat keine Fete mehr und keine Geschenke?"

„Doch, doch", beruhigte Carlotta sie. „Wer Geburtstag hat oder Namenstag, bekommt genau wie vorher Pakete von seinen Verwandten. Und wir feiern auch. In der ersten Schulstunde singt die Klasse ein Lied, das man sich gewünscht hat. Und nach dem Unterricht dürfen wir Mitschüler einladen.

Madame Wälterli sorgt dafür, dass der Aufenthaltsraum mit Girlanden und bunten Luftballons geschmückt ist. Es gibt Torte und Kuchen und Eis, ganz nach Wunsch. Wer eingeladen ist, bringt eine witzige oder besonders hübsche Glückwunschkarte mit, möglichst eine selbst gebastelte. Sie muss ein Geschenk ersetzen, verstehst du?"

Isabelle nickte.

„Die älteren Schüler fahren mit ihren Freunden nach Genf", berichtete Jinxing. „Und manche werden von ihren Verwandten abgeholt. Die sind am besten dran."

Nach dem Abendessen holte Isabelle ihre Schreibmappe aus rotem Lackleder mit dem abschließbaren Fach hervor. Großvater hatte sie ihr zum Abschied überreicht und mit dem Geschenk die Erwartung auf „Lageberichte" verbunden. Die Mappe enthielt fünfzig Briefbogen und Kuverts mit verschiedenen Tiermotiven links oben in der Ecke, neutrale Briefkarten und einen Vierfarbstift.

„Ich verziehe mich in den Aufenthaltsraum", ließ sie Lousi wissen.

Die nahm gerade einen lederartigen schwarzen Wurm mit ungefähr hundert Füßen und zwei langen Fühlern an seinem stecknadelgroßen Kopf unter die Lupe. „Von mir aus komm wieder, sobald die Hühner Zähne haben", sagte sie ohne aufzusehen.

„Darauf musst du bis zum Sankt-Nimmerleins-Tag warten", gab Isabelle zurück. Während sie den Gang entlangging, an dessen Ende eine Teeküche und ein Gemeinschaftsraum lagen, fiel ihr eine andere Umschreibung für „niemals" ein, eine Zeile aus einem alten Volkslied, das ihre Mutter gern sang: „Wenn's schneiet rote Rosen und regnet kühlen Wein ..." Isabelle machte es Spaß, solche Bilder zu entschlüsseln und hinter scheinbar Unsinnigem einen Sinn zu entdecken. Der Großvater hatte sie gelobt für ihr gutes Sprachgefühl. Er führte es vor allem darauf zurück, dass ihr Vater von Anfang an nur Französisch, ihre Mutter nur Deutsch mit ihr gesprochen hatte. Isabelle beherrschte beide Sprachen gleichermaßen perfekt und akzentfrei. Mit Englisch und Latein war sie zwar nicht groß geworden, aber auch diese Fächer bereiteten ihr keine besonderen Schwierigkeiten. Die hatte sie dafür zur Genüge woanders. Sie seufzte. Wie schön wäre die Welt ohne Lousis Neid, ohne Mathe und ohne dass sich die Eltern am Nordpol Eisbeine holten, dachte sie und seufzte ein zweites Mal.

Im Gemeinschaftsraum waren noch andere Mädchen mit Schreib- oder Bastelarbeiten beschäftigt. Einige aus Isabelles Klasse flochten Freundschaftsbänder. Sie knieten auf der Erde, hatten die Enden von fünf langen Wollfäden unter ein Stuhlbein geklemmt und konzentrierten sich auf die schwierige Handarbeit. Isabelle sah eine Weile zu, dann suchte sie sich einen Tisch am Fenster aus. Sie nahm eine Briefkarte und schrieb einen gereimten Glückwunschtext darauf. Rundherum malte sie kleine bunte Tulpen. Die ließen sich einfacher zeichnen als andere Blumen und sahen trotzdem hübsch aus. Und zur Jahreszeit passten sie obendrein. Zufrieden mit dem Ergebnis steckte sie die Karte in ein Kuvert, schloss es in die Mappe und ging in ihr Zimmer zurück. Vor dem Einschlafen fielen ihr die Sorgen wieder ein, die sie beim Aufwachen gehabt hatte. Ob Lousi sie am Ende doch noch verraten würde?

Am Geburtstagsmorgen gratulierte Isabelle Lousi freundlich und überreichte ihr die Karte mit den kleinen bunten Tulpen.

„Ich hab von Carlotta und Jinxing erfahren, dass wir uns nichts Teures schenken dürfen. Das hättest du mir lieber gleich sagen sollen, dann wären wir uns wegen der Bluse nicht in die Wolle geraten. Denn eigentlich verstehen wir uns doch ganz gut, oder?“

Lousi schaute die Gratulantin entgeistert an, dann schimpfte sie los: „Du willst sie mir nicht geben? Mieser Geizhals! Dann bilde dir auch nicht ein, du wärst auf meine Fete eingeladen.“ Sie warf ihr die Glückwunschkarte vor die Füße. „Die kannst du dir an den Hut stecken, engherzige ...“ Sie suchte nach einem gemeinen Wort: „... Giftnatter!“

Isabelle wusste nicht wohin mit ihrer Enttäuschung. Sie teilte das Zimmer mit Lousi und war ausgeladen worden! Und die anderen Mädchen durften mitfeiern, obwohl sie Lousi auch nichts zum Anziehen schenkten. „Aber Lousi, wir sollen uns doch nichts zum Geburtstag schenken!“, wiederholte sie verzweifelt. „Carlotta hat gesagt, der Direx ...“

Lousi hielt sich die Ohren zu und steigerte ihre Ungezogenheit noch, indem sie laut zu singen begann.

Isabelle gab es auf. Ihr Magen schmerzte, wie immer, wenn sie sich zu sehr aufregte. Sie ging in den Frühstücksraum, bekam aber keinen Bissen hinunter. Zweimal musste sie zur Toilette, bevor sie die Klasse betrat. Dort ließ sich Lousi schon feiern. Isabelle war erstaunt, dass sie ihre eigenen Kleider trug. Sie hätte gewettet, das Geburtstagskind wäre wie am Tag zuvor in der ausgeliehenen karierten Hose erschienen. Lousi wünschte sich das Lied „Gentille Alouette“. Isabelle blieb stumm. Es fehlte gerade noch, dass sie der Katastrophenkrähe ein Ständchen brachte! Sie bewegte nur die Lippen um der Französischlehrerin nicht unangenehm aufzufallen.

Am Nachmittag mied sie ihr Zimmer. Sie wollte Lousi nicht sehen und noch weniger die geladenen Gäste vom Gemeinschaftsraum her lachen hören. Sie hätte heulen können, als sie sich vorstellte, wie die andern jetzt lustig feierten und schlemmten.

Im Park traf sie den Gärtner. Er hatte den Spitznamen Smily. Wenn sie Lousi wenigstens in dieser Hinsicht glauben konnte, war Smily früher Agent gewesen und ein bisschen unheimlich. Er hatte einen Kanarienvogel gehabt, der unter reger Anteilnahme der jüngeren Internatsschüler im Garten beerdigt worden war.

„Bist du neu?“, erkundigte sich Smily, nachdem er Isabelles Gruß erwidert hatte, und band mit geübten Griffen einen Rosenstock fest.

„Ja. – Stimmt es, dass Ihr Pepe hier irgendwo begraben liegt?“

„Warum sollte das nicht stimmen?“

Isabelle schwieg einen Moment, dann wollte sie wissen: „Stimmt es auch, dass Sie früher Agent waren?“

„Kind, du fragst zu viel.“

„Entschuldigung, Monsieur.“

„Schon gut.“

„Kennen Sie sich auch mit Käfern und Würmern und so aus?“

„Kommt drauf an, was du mit ‚und so‘ meinst. Die Würmer und ich, wir sind sozusagen Arbeitskollegen.“

Isabelle lachte. Smily und unheimlich! Wer hatte denn einen derartigen Unsinn in die Welt gesetzt? Ulkig war er, der Gärtner.

„Das war kein Witz, Mädchen. Die Würmer lockern den Boden auf. Wie ich.“

„Und die Käfer?"

„Darf es ein bisschen genauer sein? Sprichst du von Blatthorn-, Bock-, Lauf-, Aas-, Schnell-, Schwimm-, Rüssel-, Blatt- oder Borkenkäfern?" Er winkte ab. „Ich sehe schon: Von Ahnung keinen Schimmer. Also antwortet der große Meister selbst: Manche Käfer vertilgen Schädlinge, wie es die Vögel tun. Andere von den Kameraden fressen Stauden und Blattwerk ratzekahl. Das ist nichts Besonderes. Bei den Menschen gibt es auch Wohltäter und Zerstörer."

„Monsieur, wenn Sie einen Wohltäterkäfer sehen, würden Sie mir den bitte schenken? Ich möchte ihn mir gern genau angucken."

„Irgendwann vielleicht. Heut hab ich dafür keine Zeit."

Isabelle schlenderte noch eine Weile durch die Anlagen. Sie langweilte sich. Früher oder später musste sie ja doch ins Schloss zurück. Dann konnte sie ebenso gut sofort hineingehen und dem Großvater schreiben. Er würde schon auf den ersten Lagebericht warten.

Als sie die Treppe zum Mädchentrakt hochstieg, scholl ihr der fröhliche Lärm aus dem Gemeinschaftsraum entgegen. Sie würde so gern mitfeiern! Einem plötzlichen Entschluss folgend nahm sie die Bluse aus dem Schrank, auf die Lousi so scharf war. Wenn sie nun hinüberginge und sie ihr doch schenkte – Hühneraugenerlass hin, ursprüngliche Absicht her – , dann dürfte sie auch froh und lustig sein, könnte Torte essen und Eis schlecken. Sie wäre nicht länger ausgeschlossen, als hätte sie die Pocken oder die Pest oder beides zusammen.

Sie stutzte. Was war denn da Blaues an Snoopys Ohr? Sie breitete die Bluse auf der Bettdecke aus. Ein Schreck durchfuhr sie. An Snoopys rechtes Ohr, das auf dem roten Dach der

Hundehütte lag, hatte jemand mit Tinte eine Quaste gemalt. Jemand? Zu so einer Gemeinheit war nur Lousi fähig! Und was war das? Auf Snoopys Knopfnase, die in den blauen Himmel ragte, saß ein dicker roter Kringel. Isabelle warf sich aufs Bett und begann zornig zu weinen.

Es dauerte lange, bis sie sich wieder einigermaßen beruhigt hatte. Sie überlegte, was zu tun sei. In den Aufenthaltsraum stürmen und eine Szene machen? Nein. Sie hasste derartige Auftritte. Christine berichten, was passiert war? Die könnte ihr das als Petzen auslegen. Außerdem fürchtete sie lästig zu erscheinen. Schließlich hatte ihr Christine erst vor kurzem aus der Patsche geholfen. Die Wirtschafterin einschalten? Das war die Lösung! Isabelle steckte die Bluse in einen Beutel und machte sich auf die Suche nach Madame Wälterli. Sie fand sie im ehemaligen Gärtnerhaus.

„Madame, ich brauche Ihren Rat wegen meiner Bluse. Wie krieg ich wohl diese schlimmen ...?“ Sie konnte nicht weitersprechen, weil sie sonst wieder losgeheult hätte. Stumm deutete sie auf Snoopys Ohr und auf seine Nase.

„Isabelle! Wie, in aller Welt, ist denn das passiert? Eine so hübsche Bluse! Nun sag mal!“

„Werden die Kringel beim Waschen rausgehen?“

„Nein. Und ich fürchte, die Fleckenmittel sind so scharf, dass nicht nur die Schmiererei rausgeht, sondern auch die übrige Farbe. Unsere Wäscherei ist damit überfordert. Ich könnte die Bluse in eine chemische Reinigung bringen. Hast du genug Taschengeld übrig?“

„Ja.“

„Es ist nicht billig. Und eine Garantie übernehmen die Leute auch nicht.“

„Versuchen möcht ich's aber wenigstens."

Madame Wälterli legte ihre Hand auf Isabelles Arm. „Nun mal raus mit der Sprache: Was ist in dich gefahren so einen Unsinn anzustellen?"

„Ich doch nicht!", sprach es aus Isabelle wie von selbst.

„Man hat dir also einen Streich gespielt? Dann möchte ich wissen, wer das war. Der wird den angerichteten Schaden ersetzen, so wahr ich Wilma heiße."

„Ich weiß es nicht."

Die gute Seele war fassungslos. „Wer vergreift sich denn an einer Bluse?" Kopfschüttelnd stand sie da und runzelte die Stirn. „Ich wüsste jemanden, der das Rätsel mit kriminalistischem Gespür lösen könnte: Herbert Finkenwerder."

„Bitte nicht!", rief Isabelle erschrocken aus. „Mein Großvater darf nichts davon erfahren, auch sonst keiner."

„Also gut, warten wir, ob die Spezialisten von der chemischen Reinigung dir helfen können. Trotzdem muss der Fall aufgeklärt werden. Ich mache am besten mit meiner Polaroidkamera ein Foto. Das Beweismittel kann den Täter vielleicht eines Tages überführen."

„Wie denn?"

„Die Art zu zeichnen und die Stifte sind verräterische Spuren", versicherte Madame Wälterli.

Isabelle hatte nichts dagegen, wenn die Wirtschafterin der gemeinen Lousi auf die Schliche kam. Wenn sie, Isabelle, nur am Ende nicht als Petze dastünde.

Beim Abendessen saß sie neben Lousi. „Ich habe vorhin in meinem Kleiderfach dein tolles Zerstörungswerk besichtigt. Irrsinnig komisch, wirklich." Diesen Text hatte sie sich vorher zurechtgelegt. Er sollte überlegen klingen und erwachsen.

Von seiner Wirkung war sie überzeugt. Und sie sollte Recht behalten. Lousi schaute sich verstört um und schielte dann auf Krokotasche. Als von dort keine unmittelbare Gefahr drohte, gewann sie die Fassung wieder und zischte: „Das sieht dir ähnlich mir meinen Geburtstag zu versauen."

„Du machst mir Spaß! Wer hat hier wem was versaut? Du schuldest mir allein für die Bluse über hundert Franken. Ich werde meinen Cousin fragen, ob mir außerdem noch Schmerzensgeld zusteht."

„Nicht so laut! Ich verspreche dir, wir reden nachher draußen darüber."

„Louise-Simone Montand verspricht mal wieder was. Du bist ein Windverkäufer, dass du's nur weißt. Dir glaube ich kein Wort. Ich war heute bei Smily, und der ist gar nicht unheimlich, sondern sehr nett. Er hat mir die ganze Agentengeschichte erzählt. Und ich darf jeden Tag wiederkommen und dann erzählt er mir noch mehr."

„Wirklich?" Lousi vergaß, dass sie eigentlich mit Isabelle zerstritten war. „Das muss ich haarklein erfahren. Leg los!"

„Wie komme ich dazu? Er hat es mir erzählt."

Fluchtversuch

Christine bat Isabelle nach dem Abendessen um ein Gespräch unter vier Augen. Ihre Miene verhieß nichts Gutes. Um was mochte es wohl gehen? Sollte Madame Wälterli nicht dichtgehalten haben?

„Isabelle, zu einem Vertrauensverhältnis gehört, dass man sich sagt, was einem nicht gepasst hat."

„Sicher, Christine. Mir hat doch aber alles gefallen, was du gemacht hast."

„Danke für die Blumen. Es geht allerdings nicht um mich, sondern um das, was mir an dir nicht gepasst hat."

Isabelle überlegte und überlegte. Zu einem Ergebnis kam sie nicht. Sie war sich in Bezug auf die Erzieherin keiner Schuld bewusst.

„Schau mal", redete Christine sanft weiter, „Louise-Simone hat heute Geburtstag. Ein wichtiges Ereignis, wie du zugeben wirst."

„Aber ja." Worauf wollte Christine hinaus?

„Ohne Familie fehlt einem Kind an diesem Tag die Hauptsache. Das ist uns allen natürlich bewusst. Wir bemühen uns deshalb dem Ehrentag ein paar Glanzlichter aufzustecken. Das Geburtstagskind soll für ein paar Stunden im Mittelpunkt stehen und fröhlich sein. Es ist ein ungeschriebenes Gesetz, dass zwischen Aufstehen und Zubettgehen keiner mit ihm zankt. Nun teilst du mit Louise-Simone das Zimmer und weigerst dich, den Tag, genauer gesagt ihren Tag, mitzugestalten, obwohl du eingeladen warst."

Verständnislos schaute Isabelle die Erzieherin an. Das konnte unmöglich ihr Ernst sein! „Christine, aber das stimmt doch überhaupt nicht! Ich hätte ja so gern mit Lousi Geburtstag gefeiert. Aber sie hat mich ausgeladen. Sie hat meine Glückwunschkarte auf den Boden geschmissen, weil ich ihr meine beste Bluse nicht geben wollte. Der Direx ..." Sie verbesserte sich: „Der Herr Direktor hat doch streng verboten, dass wir uns teure Sachen zum Geburtstag schenken. Und dann kam das Allerschlimmste: Lousi hat, hat ... ach, nichts." Den gemeinen Streich durfte sie nicht erwähnen. Sie hatte Madame Wälterli gebeten mit niemandem darüber zu sprechen. Wenn sie selber es bei erstbester Gelegenheit täte, wie stünde sie dann vor der verlässlichen Wirtschafterin da?

Christine warf ihren langen Zopf in den Nacken und reichte Isabelle die Hand. „Wenn das so ist, muss ich dich um Entschuldigung bitten. Bei der Geburtstagsfeier im Aufenthaltsraum habe ich dich vermisst. Da sagte mir eines der Mädchen, du hättest Louise-Simone einfach sitzen lassen und dich verkrümelt. Ich hätte der Sache auf der Stelle nachgehen müssen. Es tut mir Leid. Bitte beschließe nicht, mich ab heute nicht mehr zu mögen."

„Bestimmt nicht", beteuerte Isabelle.

Sie hielt Ausschau nach Carlotta und Jinxing. Als sie die beiden entdeckte und sich ihnen anschließen wollte, hatte sie den Eindruck unerwünscht zu sein. Was war bloß los in diesem verrückten Internat? Hatten sich denn alle gegen sie verschworen?

Da sah sie Monsieur Lapointe, den Reitlehrer, mit seinem Hund Richtung Pferdestall gehen. „Hallo! César!" Wenn kein Mensch mehr etwas von ihr wissen wollte, dann musste sie eben bei einem Tier Trost suchen. Sie würde César Gassi führen und ihm erzählen, was ihr Lousi wieder angetan hatte. Heute und morgen, jeden Tag bis zu den Sommerferien würde sie ihre Freizeit mit César verbringen.

Monsieur Lapointe blieb stehen, winkte kurz und eilig und rief ihr irgendwas zu. „Lauftraining!", glaubte sie herausgehört zu haben. César, der sich an ihrem Ankunftstag so aufgeführt hatte, als sei ihm Isabelle ab sofort der liebste Mensch auf der Welt, interessierte sich plötzlich nicht mehr für sie. Er hatte nur Augen für sein Herrchen. Traurig wandte Isabelle sich ab.

Auf dem Tisch in ihrem Zimmer lagen Lousis Glückwunschkarten. Sie schob sie beiseite und begann dem Großvater zu schreiben. Nach der Anrede stockte sie. Ihre Gedanken schweiften ab. Nicht einmal eine Woche war sie im Internat, ,und schon hatte sie Ärger, der für ein ganzes Jahr ausreichen würde. Wenn sie sich selbst die Schuld daran geben müsste, könnte sie beschließen sich zu ändern; dann bestünde Hoffnung auf bessere Zeiten. Aber sie war der Gemeinheit der anderen machtlos ausgeliefert. Wie sollte sie die Ungerechtigkeiten bis zur Rückkehr der Eltern ertragen? Zwei, drei Tage könnte sie sich zur Not abkapseln. Aber dann würde sie es mit sich allein nicht mehr aushalten. So anregend waren Selbstgespräche nicht. Sie würde über kurz oder lang ausrasten und möglicherweise aus Verzweiflung irgendetwas Idiotisches anstellen.

Als Lousi nach einer Stunde hereinkam, standen nach wie vor zwei Wörter und ein Komma auf dem Briefbogen.

„Lieber Opa", las Lousi mit schräg geneigtem Kopf und grinste. „Dir fällt wohl nichts ein? Warum rufst du nicht deinen Cousin an und lässt dir von dem Olympiageist vorsagen?"

„Wirst lachen, mit Luc hab ich vorhin schon telefoniert. Er sagt, wer Kleider beschädigt und gemein lügt, damit andere in ein schlechtes Licht geraten, der gehört ins Gefängnis." Nun würde sie Fracksausen kriegen, die niederträchtige Lousi. Sie würde schlucken und das schreckliche Wort Gefängnis wie ein Echo wiederholen.

„Haha, hihi, hoho!“, amüsierte sich Lousi stattdessen.

Isabelle verstand nicht, wie einen Menschen die Drohung mit dem Gefängnis gleichgültig lassen konnte. Sie an Lousis Stelle wäre jetzt zusammengezuckt und nachdenklich geworden. Lousi dagegen lachte. „Warum sagst du eigentlich alles immer dreimal?“, fragte Isabelle ärgerlich. „Klasse, super, toll, und haha, hihi, hoho – was soll das?“

„Kann dir doch wurscht sein. Ich frag dich ja auch nicht, warum du den ganzen Tag Bockmist redest.“ Sie rückte ihre Glückwunschkarten auf dem Tisch zurecht. Dann reckte sie den Hals. „Wo hast du die Schneckenhäuser hingetan?“

„Ich hab keine gesehen.“

„Lüg nicht. Sie lagen hier auf dem Tisch. Jinxing hat sie mir geschenkt.“

„Du lügst. Wir dürfen uns nichts schenken.“

„Nichts Kostbares, du Gipskopf.“

„Wenn die Schneckenhäuser nichts wert sind, warum regst du dich dann so auf?“

„Mit dir spreche ich nicht mehr. Nie mehr!“, kreischte Lousi. „Du bist mir einfach zu doof.“

Isabelle entgegnete nichts. Sie konnte machen, was sie wollte, mit Lousi artete jedes Gespräch in Streit aus. Eigentlich hatte sie fragen wollen, was sich Lousi dabei gedacht hatte, ihre Zimmerkameradin zu verleumden. Den Mitschülerinnen zu erzählen, „die Neue“ habe keine Lust zur Fete zu erscheinen, war schon ein starkes Stück. „Was soll's?“, murmelte Isabelle vor sich hin. Es genügte, wenn sich Christine morgen mit der Lügnerin befasste.

Seltsam, dachte sie, dass ihr Lousi anfangs ganz sympathisch gewesen war. Sie hatte sie schlau und witzig gefunden.

Na ja, korrigierte sie sich dann, ein bisschen überdreht war sie schon auch gewesen, die Lousi. Und mit dem Selbstmitleid wegen der Wühltischklamotten hatte sie ihr allmählich den letzten Nerv geraubt. Doch alles in allem war Isabelle in den ersten drei Tagen mit der von der Krokotasche angeordneten Zimmerzuteilung einverstanden gewesen. Eigentlich hätte sie zwar gewarnt sein müssen, als Lousi sich rühmte Jeanne aus Kanada rausgeekelt zu haben. Aber Isabelle hätte nicht im Traum gedacht, es könne innerhalb weniger Tage auch ihr blühen, von Lousi vertrieben zu werden. Um keinen Preis wollte sie weiterhin mit ihr zusammenwohnen. Für heute war es zu spät, Christine um ein anderes Zimmer zu bitten. Aber gleich morgen, nach dem Frühstück, würde sie mit ihr über einen Wechsel sprechen.

Die Erzieherin ließ Isabelle ausreden. Als das Mädchen geendet hatte, sagte Christine: „Ich muss dich enttäuschen. Eine Veränderung lässt sich nicht auf Knopfdruck bewerkstelligen. Madame Corman hat bestimmt, dass die Schüler frühestens nach einem Monat umziehen dürfen."

„Oh nein!"

„Nur die Ruhe. Aufgeschoben ist nicht aufgehoben. Wenn du nach einem Monat immer noch wechseln möchtest, lässt sich das einrichten. Aber ich kann dir jetzt schon sagen, dass du dann nichts mehr davon wissen willst. Anfangs gibt's Reibereien, das ist normal. Was du jetzt durchmachst, ist keine Katastrophe, sondern ein Problemchen. Wo verschiedene Charaktere aufeinander prallen, sprühen nun mal die Funken. Aber glaube mir: Nach einer kurzen Gewöhnungszeit lösen sich die Probleme in Wohlgefallen auf."

„Meine nicht.“

„Woher willst du das wissen? Gib euch eine Chance. Unter uns gesagt: Ich halte dich und Louise-Simone für ein gutes Gespann.“

Mit gesenktem Kopf schlich Isabelle davon. Einen ganzen Monat würde sie jedenfalls nicht mit der neidischen, zerstörerischen, lügnerischen Lousi in einem Zimmer bleiben. „Ha! Die und ich ein gutes Gespann! Dann sind auch Katz und Maus ein gutes Gespann. Und Fuchs und Gans.“ Es war ihr unangenehm, als ihr bewusst wurde, dass sie gerade laut mit sich selbst gesprochen hatte. Wie die alte Madame Chamois aus Straßburg, die aus Kummer verrückt geworden war. Da hatte sie den Beweis: Sie würde wahnsinnig werden, wenn sie sich länger solchen Qualen aussetzte.

Mit jedem Schritt wuchs die Überzeugung, der einzige Ausweg sei Flucht. Seit ihrer Ankunft hatte sie sich zu oft verraten und im Stich gelassen gefühlt. Wenn sogar Christine ihr nicht mehr helfen konnte, dann stand es schlimm. Es war an der Zeit, die Karre selbst aus dem Dreck zu ziehen.

Sie würde nach dem Unterricht zur Haltestelle gehen und sich die letzte Busverbindung nach Genf aufschreiben. Schweizer Franken besaß sie dank Opas Fürsorge reichlich und Deutsche Mark auch. Damit würde sie drei Fahrscheine kaufen können: einen von Villeneuve nach Genf, den zweiten von dort nach Frankfurt, den dritten vom Hauptbahnhof zu der Bushaltestelle, von der aus man in knapp zehn Fußminuten Großvaters Hausboot am Main erreichte.

Die frohe Aussicht bewirkte, dass Isabelle dem Unterricht aufmerksam folgte und sich rege beteiligte. „Du entzündest ja heute ein wahres Feuerwerk“, bemerkte die Französischlehrerin anerkennend und trug ihr eine „Sieben“ ein, die beste Note. In Frankfurt zählte man umgekehrt. Dort hätte sie eine Eins bekommen.

Beschwingt ging sie durch den weiteren Tag. Der Gedanke an die Flucht machte sie zuversichtlich und trug sie durch bis zum Abend. Während Lousi im Park unter den Würmern, Faltern und Käfern ein neues Studienobjekt suchte, packte Isabelle umsichtig ihren Rucksack. Sie steckte das Fotoalbum hinein, ihre Lieblingsjeans, einen Regenmantel, etwas Obst gegen den schlimmsten Hunger und den Personalausweis. Dann schlich sie hinaus und versteckte den Rucksack im dichten Gebüsch an der Straße nach Villeneuve. Bis jetzt schien ja alles zu gelingen! Isabelle rannte zum Internat zurück.

Zur Schlafenszeit wusch sie sich Gesicht und Hände – duschen könnte sie morgen früh auf dem Hausboot – und zog ihr längstes Nachthemd über den Pepitarock und das rote Poloshirt mit dem schwarzweiß karierten Kragen. Danach legte sie sich ins Bett, bis die Erzieherin Gute Nacht gewünscht hatte. Als die Luft rein war, stand sie auf und stieg in ihre roten Sandalen.

„Wo willst du hin?“, fragte Lousi. Christine hatte von ihr verlangt, dass sie sich noch vor dem Schlafengehen bei Isabelle entschuldigte. Lousi wusste, sie würde nicht darum herumkommen, und hatte beschlossen sich der Pflicht zu entledigen, sobald Isabelle eingeschlafen war. Wenn die das Pardon nicht mitbekäme, wäre das ihr Problem. Sie, Lousi, hätte jedenfalls Wort gehalten.

„Ich geh dahin, wohin sogar der Kaiser zu Fuß geht“, gab Isabelle bereitwillig Auskunft. Dieser Satz würde voraussichtlich der letzte sein, den sie an Lousi richtete. Warum sollte sie ihn nicht in versöhnlichem Ton hervorbringen? Freundlichkeit kostete nichts.

Auf dem Flur zog sie das Nachthemd aus, rollte es zusammen und klemmte es sich unter den Arm. An der Treppe blieb sie stehen und wartete, bis zwei Mädchen aus der Oberstufe im Kellergeschoss verschwunden waren um Tischtennis zu spielen oder Musik zu machen. Die Großen hatten es gut. Bei denen war nicht schon um 21 Uhr Schluss.

Isabelle erreichte die Außentür und schlüpfte nach draußen. Jetzt kam der schwierigste Teil der Übung: Auf der rechten Seite drohte die Gefahr vom Personal gesehen zu werden, links wohnten die Senioren, denen fast nichts entging.

Isabelle wollte auf direktem Wege losflitzen. Da erinnerte sie sich an eine Stelle in Opas letztem Kriminalroman. Dort hatte es geheißen, der Verbrecher habe die Blicke im Rücken gespürt und sei doch ganz langsam gegangen. Denn wer renne, mache sich verdächtig. Also befahl Isabelle ihren Füßen Gemächlichkeit. Bis zur Straße nach Villeneuve war es nicht weit, doch an diesem Abend schien der Weg gar nicht enden zu wollen. Ihr kam es vor, als habe sie die Strecke von Straßburg bis Frankfurt zu Fuß zurückgelegt, als sie endlich das Schlossgelände verlassen hatte.

Aufatmend blieb sie stehen und blickte sich verstohlen um. Niemand war ihr gefolgt. Das Vorhaben schien tatsächlich unter einem günstigen Stern zu stehen. Auf der Straße herrschte lebhafter Verkehr. Sie schaute auf die Uhr. Sechs Minuten blieben ihr noch bis zur Abfahrt des letzten Busses in Richtung Genf. Sie musste sich beeilen und den Rucksack aus dem Versteck holen. Als sie die Stelle, wo sie ihn verborgen hatte, beinahe erreicht hatte, näherte sich ein Radfahrer. Es war ein

Junge aus dem Internat, den sie vom Sehen kannte. Er war etwas älter als sie und sah nett aus. So was Dummes, jetzt musste sie warten, bis er zum Schloss abgebogen war! Nervös knüllte sie das Nachthemd zu einem Stoffball. Verflixt, warum stieg er denn jetzt ab und schob sein Rad ausgerechnet hier?

„Hallo“, grüßte er. „Irgendwas nicht in Ordnung?“

Erst seit du aufgekreuzt bist, hätte sie am liebsten entgegnet. Stattdessen sagte sie hastig: „Hallo. Nein, es ist alles in Ordnung. „Und damit er endlich verschwand, fügte sie mit Nachdruck hinzu: „Auf Wie-der-sehn!“

Er sagte „Adiós“, und stieg aufs Fahrrad.

Beeilung!, hämmerte es in ihrem Kopf. Endlich war der Junge in den Schlossweg eingebogen. Isabelle stürzte zu dem Gebüsch. Da blitzten die Regenbogenfarben! Der Rucksack lag noch da. Sie angelte nach dem Riemen, geriet dabei an eine Himbeerranke und kratzte sich den Handrücken auf. Blut ablecken und nichts wie ab zur Haltestelle!

„Na?“ Da war er schon wieder, dieser lästige Mensch, diesmal ohne Fahrrad. „Wohin soll's denn heute noch gehen? Zum Dent du Midi, dreitausendzweihundertsechzig Meter hoch?“

„Lass mich zufrieden!“ Sie schubste ihn beiseite, aber sofort war er wieder vor ihr und verstellte ihr den Weg. In diesem Augenblick kam der Omnibus. Da keiner aussteigen wollte und niemand an der Haltestelle stand, fuhr der Busfahrer durch. Isabelle stand einen Moment wie erstarrt. Dann erst wurde ihr bewusst, was wegen der Einmischung des Jungen soeben gescheitert war. „Der letzte Bus ist weg und du bist schuld!“, schrie sie ihn an. Wie eine Furie ging sie mit den

Fäusten auf ihn los. Als er ihre Handgelenke wie in einem Schraubstock festhielt, trat sie ihn vors Schienbein.

Er jaulte vor Schmerz auf, ließ sie aber nicht los. „Du wolltest abhauen“, keuchte er. „Ich bin Schülervertreter und muss dich daran hindern. Wenn du einen zum Reden brauchst, dann sag's. Gut möglich, dass ich dir helfen kann.“

„Ich kann mir alleine helfen. Wenn du nicht wärst, hätt' ich mir schon geholfen.“

„Siehst gar nicht so aus, als ob du ein Trottel wärst. Warum kapierst du dann nicht, dass es Wahnsinn ist, nachts loszudüsen?“

„Ist es nicht!“

„Dir kann sonst was passieren!“

„Im Internat passiert mir tausendmal mehr.“

„Du führst dich auf wie ein störrisches Maultier. Davon gibt's bei mir zu Hause in Spanien so einige. Ich heiße übrigens Ricardo. Was hältst du davon, wenn du mir erzählst, was mit dir los ist? Wegen nichts rennt keiner weg. Hat dir jemand was getan? Oder hast du etwas ausgefressen?“

Isabelle hätte sich gern ausgesprochen. Aber nicht bei einem, der ihr alles verdorben hatte. „Hau einfach ab!“, zischte sie. „Ich brauche dich nicht.“

„Doch“, widersprach er. „Denn wenn du einen wüsstest, der dir hilft, dann hättest du von dort oben ...“, sein Kopf wies zum Schloss, „... nicht die Fliege gemacht.“

Das leuchtete ein. Wenn sie ehrlich war, fand sie den Jungen gar nicht so übel. Im Prinzip war es ja in Ordnung, dass er sich um andere kümmerte.

„Wie heißt du?“ Er rückte seine Brille zurecht und sah Isabelle aufmunternd an.

Seine braunen Augen weckten Vertrauen wie Madame Wälterlis Rehaugen. Er hatte dichtes schwarzes Haar und war groß und kräftig, und auch seine Kleidung gefiel ihr: hellblaue Jeans, weißes Poloshirt, darüber ein dunkelblauer Pullover. Eigentlich hätte sie alles an ihm gut gefunden, aber sie war sauer auf ihn, weil sie wegen ihm nicht hatte fliehen können.

„Mein Name ist Hase", sagte sie deshalb. „Und nun darfst du mir das völlige Verschwinden eines lebendigen Jungen vorführen."

„Tut mir Leid. Die Zauberer sitzen in der anderen Abteilung. Ich bin für die Rückführung eines lebendigen Mädchens ins Schloss zuständig."

„Willst du mich als Fundsache abgeben?"

„Nur im Notfall. Erst versuche ich dich in den Mädchentrakt zu schleusen. Ich gehe vor, und wenn die Luft rein ist, winke ich. Dann kommst du nach."

„Die Mühe kannst du dir sparen. In mein Zimmer geh ich nicht zurück."

„Zipp! Hast du's gehört? Das war mein Geduldsfaden, der soeben gerissen ist. Ab sofort ist mit mir nicht mehr zu spaßen."

„Brrr! Schlotter! Hast du's gehört? Das war die Angst, die ich jetzt vor dir hab."

Er räusperte sich. „Zwei Möglichkeiten: Entweder ich erfahre in den nächsten sechzig Sekunden, warum du abhauen wolltest, und tue alles um dir zu helfen. Oder du behältst dein Geheimnis für dich und ich bringe dich zu Madame Corman."

„Beides taugt nichts."

„Die Uhr läuft. Noch dreißig Sekunden, neunundzwanzig, achtundzwanzig ..."

„Überredet. Aber du lässt mich los."

„Einverstanden."

Sie rieb sich die Handgelenke und blies kurz auf die Schramme am Handrücken. Dann berichtete sie, was sich seit ihrer Ankunft letzten Sonntag zugetragen hatte.

„Das ist alles?", fragte er, als sie fertig war. „Und ich dachte schon, dir hätte jemand eine Schlange ins Bett gelegt."

„Ach ja? Wenn man dir dein liebstes Poloshirt zerstören würde und dich verleumden würde und ..."

„Dann knöpf ich mir den vor. Er wird mir den Schaden ersetzen und die Lügen, die er über mich verbreitet hat, zurücknehmen. Wo ist da was unklar?"

„Lousi würde eher ersticken als öffentlich zuzugeben, was sie alles über mich zusammengelogen hat. Und die Snoopy-Bluse könnte sie mir gar nicht bezahlen, weil sie nur ganz wenig Taschengeld kriegt."

„Das hätte sie sich vorher überlegen müssen. Wenn du willst, helfe ich dir wegen Lousi. Ich wüsste da schon was. So, Esmeralda, nun komm mit. Ich werde dich lotsen. Wir nehmen den Weg durch den Garten. Auf dem Gepäckträger klemmt meine dunkle Jacke. Die ziehst du an, damit du nicht leuchtest wie ein Geist. Ich gehe vor. Wenn ich den Arm hebe, ist die Luft rein, dann kommst du nach."

Sie nickte. Es wurde Zeit, sie konnte die Nacht ja wohl schlecht im Wartehäuschen verbringen. Mit der Rückkehr ins Internat musste sie sich abfinden. Aber eins wollte sie denn doch richtig stellen: „Ich heiße nicht Essenfalter oder so."

„Esmeralda", verbesserte er sie. „Macht nichts. Im Namenraten war ich nie besonders stark." Er bog die Ohrmuschel mit der Hand nach vorn wie ein Schwerhöriger. „Also?"

„Isabelle. Wenn du's unbedingt wissen musst."

„Gefällt mir. Los geht's."

Nach einer Viertelstunde hatte sich Isabelle erst bis zu den Rhododendronbüschen hinterm Schloss vorgearbeitet.

„Heute Abend geht es zu wie im Bienenstock", berichtete Ricardo nach einem neuerlichen Erkundungsgang. „Möchte wissen, was die aus den oberen Klassen an den Treppen und Fluren finden, dass sie da ständig rumhängen. – Zieh meine Jacke aus und dein Nachthemd über."

„Hier?"

„Klar. Flucht nach vorn, sonst stehen wir an Weihnachten noch hier. Wenn uns jemand aufhält, sage ich, du bist eine Schlafwandlerin und ich habe dich auf der Terrasse gefunden."

„Ja, das ist gut!" Sie zögerte. „Was wird aus meinem Rucksack? Unter dem Nachthemd sieht er aus wie ein Buckel."

„Gib ihn her. Ich bewahre ihn bis morgen auf. Kannst du in der Mittagspause gleich nach dem Essen unter mein Fenster kommen? Ich wohne im zweiten Stock im letzten Zimmer rechts. Dann werfe ich dir den Rucksack runter."

„Das geht." Sie griff nach seiner Hand. „Danke", sagte sie. Und als sie die Eingangstür erreicht hatten, raunte sie ihm zu: „Haben Schlafwandler die Augen geschlossen?"

„Geöffnet", flüsterte er. „Du musst ganz starr gucken."

Das tat sie. Sie blickte so stier, dass sie nicht zu blinzeln wagte und ihre Augen vor Anstrengung tränten. Die älteren Schüler begafften das seltsame Gespann, das da Hand in Hand die Treppe emporstieg, und machten sich über die beiden lustig. „Brüderlein und Schwesterlein", riefen sie ihnen nach und ein Mädchen sang affig: „Hänsel und Gretel verirrten sich im Wald".

Ricardo wandte sich zu den Feixenden um. „Pssst, sie schläft."

Aber sie lästerten weiter.

Isabelle zitterte innerlich und war froh, dicht neben sich jemanden zu wissen, der zu ihr hielt.

Ricardo brummelte: „Spießrutenlaufen ist das, wenn du mich fragst."

Auf dem Gang, an dem Isabelles Zimmer lag, war es ruhig. Sie deutete auf die Tür und hob grüßend die Hand. Dann drückte sie vorsichtig die Klinke hinunter und schlüpfte ins dunkle Zimmer. Weil sie nicht sicher war, ob Lousi schlief, zog sie ihre Kleider unter der Bettdecke aus.

Als sie gerade wieder das Nachthemd überstreifen wollte, drang eine schlaftrunkene Stimme aus Lousis Bett: „Ich dachte schon, du wärst ins Klo gefallen."

„Da hast du dich zu früh gefreut", sagte Isabelle und schlief auf der Stelle ein. So entging ihr die von Lousi hingehauchte Entschuldigung. Und das war ganz im Sinne der Erfinderin.

Ricardos Geschichte

Einige Tage waren seit dem missglückten Fluchtversuch vergangen. Isabelle hatte ihre geliebte Snoopy-Bluse zurückbekommen, auf der jetzt allerdings im Blau des Himmels und im leuchtenden Rot des Hundehüttendaches zwei helle Stellen von Lousis Schandtat kündeten. Madame Wälterli drängte „der bedauernswerten Isabelle" Lutschbonbons mit Honig und Vitaminen auf. Wer eine solche Bosheit erdulden müsse, brauche jetzt Nervennahrung, behauptete sie. Das Malheur mit der entzückenden Bluse ging ihr so nah, dass sich Isabelle am Ende genötigt sah die gute Madame Wälterli zu trösten.

Ricardo hatte Wort gehalten und sich die kratzbürstige Lousi vorgeknöpft. Er sei einer der drei Schülersprecher, hatte er ihr gesagt. Wenn sie nicht riskieren wolle, dass er über ihre Gemeinheiten bei Madame und Monsieur Corman Bericht erstatte, müsse sie das unterschreiben, was er für sie aufgesetzt habe. Sie las:

Ich, Louise-Simone Montand, habe mutwillig eine Bluse verdorben. Die Kosten für die chemische Reinigung, deren Quittung mir Isabelle Santer übergeben hat, ersetze ich in Raten bis spätestens zu den Sommerferien. Heute noch werde ich meinen Mitschülerinnen gegenüber zugeben, dass ich sie an meinem Geburtstag angelogen habe. Ich schwöre, ihnen zu sagen, dass ich selbst Isabelle ausgeladen habe.

Es war eine Sensation für Isabelle, als Ricardo ihr Lousis Unterschrift zeigte. „Ich kapiere nicht, wie du das geschafft hast", staunte sie. „Mich hast du neulich auch rumgekriegt." Ihr kam ein Gedanke. Sie bewegte die flache Hand vor seinen Augen hin und her. „Peng, Sie sind hypnotisiert. Gib's zu: Du kannst hypnotisieren."

„Bisher nicht."

„Dann kannst du eben doch zaubern."

„Überzeugen ist nicht zaubern", antwortete er.

Sie schüttelte den Kopf. „Überzeugt hast du Lousi nie im Leben. Höchstens überredet. Überreden ist so eine Art Erpressung, weißt du? Wenn du uns nicht mit Krokotasche gedroht hättest ..."

„Daran ist was Wahres", räumte er ein. Und dann lachten sie beide.

„Jedenfalls ist es prima, dass du das geschafft hast", sagte Isabelle aus tiefster Seele. Kurz darauf fragte sie nachdenklich: „Warum bist du eigentlich so hilfsbereit? Die Schülersprecher in meinen früheren Schulen haben sich nicht halb so viel Mühe gegeben."

Er schnippte eine Fliege vom Sattel und lehnte sein Fahrrad an eine Platane. „Das ist eine lange Geschichte", entgegnete er und wirkte plötzlich sehr ernst. Er wedelte mit dem Zettel, der Lousis Unterschrift trug, und steckte ihn in die Hosentasche. „Ich heb ihn für dich auf", bot er ihr an. „In deinem Zimmer könnte er abhanden kommen."

„Könnte?" Isabelle machte eine wegwerfende Handbewegung. „Sag lieber gleich *wird.*" Sie schaute ihm direkt ins Gesicht. „Erzählst du mir deine lange Geschichte? Ich würde sie sehr gerne erfahren."

„Weiß nicht. Besser nicht."

„Bitte", schmeichelte sie. „Sag: ‚Ja, Isabelle, dein Wunsch wird gleich erfüllt.' – Jetzt hat dich meine Bitte überzeugt, ja? Überreden kann ich dich ja nicht, weil ich nichts weiß, womit ich dich erpressen könnte."

„Du bist ganz schön gewitzt", stellte er fest und sie lächelte, weil sie seine Worte als großes Kompliment auffasste.

„Fängst du nun an?"

„Ich will's versuchen. – Warum helfe ich? Also erstens: ‚Es gibt nichts Gutes, außer, man tut es.' Altes Sprichwort. Mir macht es Spaß, was Verworrenes in Ordnung zu bringen.

Zweitens bleibt mir nichts anderes übrig, denn ich könnte selbst dann nichts Fieses tun, wenn ich wollte. Nicht mal an einem harmlosen Streich dürfte ich mich beteiligen."

Sie nickte wissend. „Du sprichst von deinem Gewissen. Muss das bei dir streng sein, wenn sich deine innere Stimme noch doller einmischt als meine!"

„Das ist nicht der wahre Grund."

„Was denn sonst?"

„Ich hab meiner Mutter versprochen nicht unangenehm aufzufallen."

„Das hab ich meinen Eltern auch zum Abschied versprechen müssen." Isabelle rückte ihren Haarreifen zurecht und fügte hinzu: „Gehalten habe ich es natürlich auch. Das mit dem Abhauen zählt nicht. Es hat ja nicht geklappt."

„Meine Mutter wird voraussichtlich nicht mehr lange leben."

„O Gott!", rief Isabelle erschrocken aus. „Was hat sie denn? Krebs?"

„Nein. Durch eine Virusinfektion ist sie herz- und zuckerkrank geworden. Eine Herztransplantation wäre zwar möglich. Aber die Ärzte sagen, kein Chirurg würde eine Operation bei meiner Mutter wagen. Das Risiko ist wegen der Zuckerkrankheit zu hoch."

Isabelle schluckte. „Gibt es denn kein Fünkchen Hoffnung mehr?"

Er zuckte die Achseln: „Nur wenn ich nun doch zaubern könnte oder wenn ein Wunder geschähe."

„Aber Wunder gibt es doch!", versuchte sie ihn zu trösten.

„Gelesen hab ich auch schon davon. Aber sie dauern meist nicht lange, die Wunder. Außerdem muss ein Kranker daran glauben. Meine Mutter tut es nicht. Sie hat mir gesagt, dass sie bald sterben wird. Ich soll ihr die letzte Zeit nicht noch schwerer machen. Sie sagt, für ihren Mann sei das alles eine furchtbare Last. Der dürfe sich nicht auch noch über mich aufregen. Ich hab ihr mein Wort gegeben."

„Wieso sagst du ‚ihr Mann'? Magst du deinen Vater nicht?"

„Meine Eltern sind geschieden. Mein Vater hat eine Frau geheiratet, die nur fünf Jahre älter ist als ich. Er lebt mit ihr in Madrid. Der zweite Mann meiner Mutter arbeitet für die Weltgesundheitsorganisation. Sie sind dauernd unterwegs: Asien, Afrika, Südamerika. Auf den Reisen hat sich meine Mutter auch die Virusinfektion geholt. Alle Abwehrkräfte sind dabei zerstört worden. Mein Stiefvater ist deswegen natürlich total fertig. Ich glaube, er gibt sich sogar die Schuld an dem Unglück. Für meine Mutter tut er alles, was er kann, sagt sie. Aber ich mache ihm nichts recht. Mir ist er so fremd wie ... wie jemand, der mir was verkauft oder mit dem ich zufällig irgendwo zusammentreffe."

„Und wohin willst du gehen, wenn deine Mutter wirklich stirbt?", fragte Isabelle beklommen.

„Weiß nicht. Ach, ich wünschte, meine Mutter würde wenigstens leben, bis ich erwachsen bin. Dann müssten keine Fremden über mich entscheiden."

„Du tust mir schrecklich Leid. Deine Mutter darf noch lange, lange nicht sterben", sagte sie beschwörend.

Eine Weile schwiegen sie. Dann sagte Ricardo: „Ich möchte so gerne, dass meine Mutter richtig stolz auf mich sein kann. Aber was ich auch versuche, ich werde nirgends Erster. Wenn ich mir was ausdenke, gibt es die Erfindung längst. Mache ich Musik, sind andere besser."

„Also jetzt bist du aber wirklich auf dem Holzweg! Deine Mutter kann von morgens bis abends stolz auf dich sein! Wozu musst du noch irgendwo Erster werden? Ich schreibe deiner Mutter, dass du mir geholfen hast und der netteste Junge bist, den ich kenne."

„Lieb von dir, aber das möchte ich nicht. Es würde so aussehen, als ob ich dich gedrängt hätte den Brief zu schreiben."

„Armer, armer Ricardo." Sie streichelte seine Wange. „Ich schäme mich so."

Verständnislos schaute er Isabelle an. „Wofür?"

„Na, mein Ärger mit Lousi ist doch höchstens ein Mückenpups gegen den Donnerschlag, den du aushalten musst. Du hast so schwere Sorgen. Meine brauchst du nicht auch noch. Ich schäme mich wirklich."

„Quatsch."

Sie zog eine Linie von ihm zu einem unsichtbaren Gefäß in ihrer linken Hand. „Ich hab meine Sorgen gerade in ein Säckchen gesteckt. Jetzt mache ich ein Band darum, dann kann keine rausfallen, und stecke es mir in die Tasche. Siehst du? Nun ist es leichter in dir drin."

„Wenn du meinst." Er nahm sein Fahrrad. „Ich muss nach Villeneuve zur Klavierstunde. Der Unterricht im Internat bringt mich nicht weit genug."

„Wie weit willst du denn?"

„Ich will mich beim Jugendmusikwettbewerb beteiligen. Beim letzten Mal hab ich nur den zweiten Platz geschafft."

„Nur den zweiten Platz! Der zweite Platz ist doch was Tolles! Ich spiele auch Klavier. Aber in tausend Jahren würde ich keinen zweiten Platz schaffen."

„Mach's gut. Wir sehen uns ja bei den Mahlzeiten. Wenn

du wieder mal Hilfe brauchst, melde dich." Schon im Fahren rief er ihr über die Schulter noch zu: „Ich bin ganz leicht ohne den Sack mit deinen Sorgen."

Sie sah ihm nach. Die Begegnungen mit Ricardo hatten sie für allen Kummer entschädigt. Wenn er sie jetzt auf die Mahlzeiten vertröstete, konnte das bedeuten, dass er seine Aufgabe als erledigt betrachtete. Dann würde es die schönen Gespräche nicht mehr geben und sie wäre wieder allein.

„Was findest du bloß an dem langweiligen Schroeder?"

Isabelle fuhr herum. Hinter ihr stand Lousi und schnitt Grimassen.

„Wer ist Schroeder?"

„Wer ist Schroeder?", äffte Lousi sie nach. „Kennst du nicht die Peanuts? Schroeder ist der Wichtigtuer am Klavier. Und diese Pfeife, die sie zum Schülersprecher gewählt haben."

„Ricardo heißt Schroeder?"

„Bist du schwer von Kapee! Ich nenne ihn so. Er hämmert wie der Schroeder von den Peanuts auf dem Flügel rum. Christine begleitet ihn manchmal am Schlagzeug. Dann denkst du, das Schloss stürzt ein."

„Ricardo ist ein netter Junge", sagte Isabelle mit Nachdruck.

„Schroeder ist ein Blödmann und deinen Cousin kannst du dir allmählich einpökeln."

„Er hat schon gefragt, wann er herkommen soll um dir die Meinung zu geigen. Aber ich hab gesagt, vorläufig genügt mir Ricardos Hilfe. Luc macht nämlich Erfindungen. Er wird bald sehr berühmt sein. Darum möchte ich auch nicht, dass er meinetwegen Zeit vergeudet. Und er kennt Ricardo. Die beiden treffen sich manchmal in Genf." Damit wollte sie Ricardo in Lucs Schutz miteinbeziehen. Die Geschichte vom tollen Cousin war wie ein schützender Kokon, der sie umhüllte und an dem Lousis Angriffe abprallten.

„Warum hast du mich bei dem öden Typen wegen der Bluse verpetzt? Was hätte ich nicht alles über dich verraten können, aber ich habe keinen Piep gesagt!"

„Er weiß das mit dem Portmonee", behauptete Isabelle. „Und er und Luc haben gesagt, es war kein Verbrechen, es über Sonntag aufzubewahren. Montags drauf wollte ich es abliefern und das habe ich getan."

„Du tust, als ob du heilig wärst. Und mich machst du zur krummen Gurke. Warte nur, du wirst schon sehen, was du davon hast!"

„Ich kann's mir denken", gab Isabelle zurück. „Diesmal wirst du Snoopy ein Loch in den Bauch schneiden. Aber das sage ich dir: Dann lasse ich mir nicht mehr vom Schülersprecher helfen, sondern ich marschiere gleich zu Madame Corman. Und bei der Gelegenheit sage ich auch gleich die Wahrheit wegen deiner Entschuldigung, dass du's nur weißt. Christine hat mich gefragt, ob du dich wegen der Verleumdung entschuldigt hast, und ich Dussel habe für dich gelogen und ‚ja' gesagt."

„Ich habe mich entschuldigt! Jawohl! Wenn du einpennst und nicht zuhörst, kann ich nichts dafür."

Isabelle ging auf ihr Zimmer. Was für ein lieber, friedlicher Mensch war Ricardo im Vergleich zu Lousi! Sie beschloss alles zu tun um seine Freundschaft zu gewinnen.

Sie nahm ihr Mathematikbuch und machte sich auf zum nachmittäglichen Förderunterricht. Auf dem Kiesweg zwischen Internat und Schulgebäude beobachtete sie, wie ein großer schwarzer Vogel vom Himmel stürzte, sich auf dem Rasen einen kaum flüggen Sperling schnappte und davonflog. Die Szene beschäftigte sie noch lange.

Lousi verstand eine Menge von Naturkunde. Sie war in Biologie Klassenbeste. Isabelle dachte, wie schön es wäre, sich nachher von Lousi erklären lassen zu können, wohin der Rabenvogel seine Beute brachte. Für das, was flog und krabbelte, interessierte sie selbst sich ja auch. Warum sollte sie nicht Nutzen ziehen aus Lousis erstaunlichen Kenntnissen? Aber sie war sicher, dass Lousi eine Antwort davon abhängig machen würde, ob Isabelle ihr im Gegenzug eine Ratenzahlung erließ oder ein Kleidungsstück auslieh.

Ein Mensch, der für andere ein Vorbild war, würde sie gerne sein. Aber falls dazu gehörte, dass sie Lousis Bosheit wehrlos ertrug, nein, dann würde sie auf den hohen Anspruch verzichten. Was aber, wenn Ricardo dann nicht mir ihr befreundet sein wollte?

Wahre Freundschaft

In den nächsten Tagen sah Isabelle ihren freundlichen Helfer nur kurz bei den Mahlzeiten. Er winkte ihr zwar zu und grüßte zu ihr hinüber, aber das war ihr zu wenig. Sie wünschte sich sehnlichst wieder einmal ausgiebig mit ihm reden zu können. Zu ihrer eigenen Verwunderung hatte sie Scheu ihm einfach so mit einem „Na?“ oder „Hallo!“ gegenüberzutreten. Darum suchte sie nach irgendeinem Grund ihn anzusprechen und zu fragen, ob er Zeit habe für ein Gespräch.

Eines Abends fing sie ihn vor dem Esssaal ab. „Ricardo, wenn du den nächsten Brief an deine Mutter schickst, würdest du ihr das Bild hier dazulegen? Du wolltest nicht, dass ich ihr schreibe, was für einen prima Sohn sie hat. Darum hab ich das hier für sie gemalt. Wenn es dir nicht gefällt, kannst du's ja wegwerfen."

Er entfaltete das Blatt. Es zeigte einen bebrillten dunkelhaarigen Jungen mit vielen Armen. In der einen Hand hielt er ein dickes Notenheft, mit der anderen hob er ein kleines Mädchen auf, mit der nächsten streichelte er einen weinenden Jungen und mit dem dicksten Arm erwehrte er sich der Boxhiebe, die ihm ein Mädchen versetzte.

Auf dieses Kind wies Isabelle und sagte: „Das bin ich an dem Abend, als ich von hier abhauen wollte. Hab ich dir sehr wehgetan?"

„Ich wäre meinen schweren Verletzungen fast erlegen", zog er sie auf. „Meine Rippen haben tagelang wehgetan. – Aber das Bild für meine Mutter ist wirklich sehr schön, das muss ich schon sagen. Danke."

„Bitte. Ich hab's gern gemacht." Sie wendete das Blatt. „Auf der Rückseite steht, was das Bild bedeuten soll: Ricardos Freizeitjobs."

„Das hab ich schon begriffen. Du hast zwar stark übertrieben mit dem Zauberer und seinen vielen Armen, aber mir gefällt das Bild. Meine Mutter wird sich bestimmt freuen."

„Du hast mir erzählt, dass du etwas erfinden wolltest, aber dann gab es das schon längst. Was hast du denn für deine Mutter erfunden?"

„Nicht für meine Mutter. Sie sollte nur stolz darüber sein, dass ihr Sohn mit dreizehn schon ein Erfinder war. Monatelang hab ich Geräuschtricks ausprobiert. Dann bin ich nach Genf gefahren in ein Hörspielstudio. Der Mann dort hat sich krumm gelacht. Meine Tricks hätten Bärte, die im tiefsten Keller zu besichtigen seien, sagte er."

„Wie macht man Geräuschtricks?"

„Nehmen wir mal an, du wolltest starken Regen vortäuschen. Dann zerknüllst du etwas Seidenpapier. Oder es soll sich anhören, als ob Feuer knistert. Dann beklebst du Ventilatorflügel locker mit Alufolie oder mit Pergamentpapier. Sollen sich Sportler oder Soldaten im Marschtritt fortbewegen, brauchst du nur mit beiden Händen in bestimmtem Rhythmus Silberpapier zu zerknittern. Schritte im Schnee machst du nach, indem du mit ganz trockenen Händen einen Luftballon betastest und dabei leichten Druck ausübst. Ich hatte Dutzende solcher Tricks entwickelt. Wenn du dann erfährst, dass das alles längst erfunden ist, denkst du, jemand gießt dir eiskaltes Wasser über den Kopf."

„Erzählst du mir noch einen Trick?"

Er kratzte sich am Kopf. „Meeresbrandung?"

„Au ja!"

„Du bewegst getrocknete Erbsen in einem Sieb langsam hin und her."

„Toll ist das! Lousi hat gesagt, in jedem Dezember wird im Internat ein Theaterstück aufgeführt. Dabei könntest du doch mit deinen Tricks glänzen. Hast du da schon einmal mitgemacht?"

„Nein. Geräuschtricks sind eher was für Hörspiele und andere Rundfunksendungen."

„Was hast du außer den Tricks noch erfunden?"

„Ich hab für Teiche und Swimmingpools einen Bewegungsmelder mit Ton und Lichtschranke konstruiert. Dabei hat mir unser Physiklehrer geholfen. Sobald etwas, das mehr als fünf Kilogramm wog, zum Beispiel ein kleines Kind, ins Wasser fiel, jaulte der Melder los und begann zu blinken. Als ich die Erfindung patentieren lassen wollte, war schon einer mit meiner Idee da gewesen."

„Einmal wirst du's schaffen, der Erste zu sein. Ich weiß es."

„Woher?"

„Eine Lehrerin aus Straßburg hat in mein Poesiealbum geschrieben: ‚Wer Großes will, erreicht auch viel.' Und mein Opa sagt immer: ‚Glaube kann Berge versetzen.' Du willst Großes, und ich glaube, dass du Erster wirst." Sie breitete die Arme aus. „Na bitte."

„Schön wär's. Vor allem für meine Mutter. Ich hab gelesen, dass im Augenblick vor dem Tod an einem noch einmal das ganze Leben von der Vergangenheit bis in die Gegenwart vorüberzieht. Immer dann, wenn meine Mutter mich in diesem ... diesem Film sieht, soll sie stolz sein können ..."

„Und lächeln, oder? Und sie soll denken: Der gute Ricardo hat mir Flügel für alle meine Sorgen gebaut, da sind sie weggeflogen und die Freude hatte genug Platz in mir. – Ehrenwort, Ricardo, von jetzt an werde ich dir jeden Tag suchen helfen. Vielleicht fällt mir auf einmal etwas ein, das unbedingt erfunden werden muss."

„Sicher", sagte er und wandte sich zur Seite um seine Brille zu putzen.

Wenn Isabelle an Ricardo dachte, hatte sie immer das Bedürfnis etwas für ihn zu tun. Sie dachte daran, ihm ein Geschenk zu machen. Doch sofort fiel ihr Carlottas Geschichte von den arabischen Brüdern ein, die sich die Freundschaft eines Jungen erkaufen wollten. Nach gründlichem Nachdenken wurde ihr klar, dass es nicht die großen, kostspieligen Anstrengungen waren, auf die es ankam. Wahre Freundschaft musste sich im Alltag bewähren und in den kleinen Dingen würde sie sich erweisen.

Beim Mathe-Förderunterricht sagte Monsieur Meunier eines Nachmittags: „Isabelle, ich muss dir deine Illusionen rauben. Du bist überhaupt nicht ohne mathematischen Verstand geboren worden. Aber wie das so ist, wenn man sich nur lange genug etwas einredet: Man wird träge und bequem, weil ja doch alle Mühe nutzlos wäre. Weit gefehlt. Jedenfalls was dich betrifft."

„Ich brauche nicht mehr zum Doofen-Doping?"

Monsieur Meunier lächelte amüsiert. „Das wird die nächste Klassenarbeit zeigen. Schaffst du eine Note zwischen Sieben und Vier, setzen wir den Förderunterricht vorläufig aus."

„Danke, Monsieur. Sieben bis Fünf werde ich nie hinkriegen, aber ich probiere die Vier."

„Falsch", rügte er. „Du hast mir wohl nicht zugehört. Ich erwarte, dass du aufhörst dir für deine Bequemlichkeit einen Freibrief auszustellen."

„Ja, Monsieur." Sie verabschiedete sich und wusste nicht, ob sie sich freuen oder ärgern sollte. Denn ob sie wollte oder nicht: jetzt stand sie in Mathe unter Leistungsdruck. Ihre innere Stimme sagte: „Na und? Wenn deine Mutter sterbenskrank wäre, müsstest du Erfindungen machen und deinen Mitschülern ein Vorbild sein, obwohl es dich juckt, endlich mal irgendwem einen passenden kleinen Streich zu spielen. Also leg dich für Mathe ins Zeug und hör auf zu jammern."

„Grüezi, Isabelle!", rief da Madame Wälterli hinter ihr. „Es gibt Neuigkeiten." Und als sie Isabelle erreicht hatte, verkündete sie: „Louise-Simone war es. Sie hat die Bluse auf dem Gewissen."

„Hallo, Madame. Woher wissen Sie das?"

Madame Wälterli strich ein zerknittertes Stück Papier glatt und gab es dem Mädchen. „Das Corpus delicti."

Isabelle sah ein bisschen dumm aus, wie sie dastand und nicht wusste, was die aufgeregte Wirtschafterin mit dem voll gekritzelten Fetzen Papier beweisen wollte.

Mit Triumph in der Stimme berichtete Madame Wälterli: „Heute Mittag erhielt Louise-Simone einen Anruf. Ich war zufällig in der Nähe, als sie telefonierte. Sie machte sich am Stehpult Notizen. Schließlich ging sie fort und ich sah, dass sie den Zettel nicht mitgenommen hatte. Ich dachte, darauf stünde eine Telefonnummer oder eine Adresse. Also nahm ich die Notiz um sie dem vergesslichen Mädchen hinterherzutragen. Aber sie hatte nur Kästen und Kreise gemalt. Auf einmal denke ich bei mir: ‚Nanu? Der Rotstift und die Art, Ringe und Vollmonde zu zeichnen, kommen dir doch bekannt vor.'"

„Sie sind ja ein Detektiv, Madame!"

„Nicht wahr? Ich bin dann gleich in mein Zimmer gegangen und habe die Zeichnung mit dem Foto verglichen, das ich gemacht hatte."

„Sie sind dem Täter auf die Spur gekommen. Schade, dass ich das meinem Großvater nicht erzählen kann."

„Warum nicht?"

„Er mag nicht, dass ich petze." Sie sah zu Boden.

Die Wirtschafterin fasste Isabelle am Kinn. „Mir schwant, du hast von vornherein gewusst, dass Louise-Simone es getan hat."

Isabelle antwortete nicht, aber Madame Wälterli war sich ihrer Sache auch ohne Bestätigung sicher. „Mit dieser Art falscher Rücksicht wäre Madame Corman nie und nimmer einverstanden", sagte sie ärgerlich. „Wer etwas anstellt, hat dafür geradezustehen. Louise-Simone muss das lernen, denn offensichtlich weiß sie es nicht. Ich sage dir, wenn die Übeltäter nicht mehr zur Rechenschaft gezogen werden, herrscht hier bei uns bald das Chaos."

„Aber sie wird ja zur Rechenschaft gezogen", sagte Isabelle. „Sie muss mir die Kosten für die Reinigung ersetzen."

„Es ist deine Entscheidung", meinte die Wirtschafterin unwirsch und nahm den Zettel wieder an sich. „Wenn du mich das nächste Mal in so eine Geschichte verwickelst, dann will ich gefälligst nicht wieder mit der halben Wahrheit abgespeist werden." Kopfschüttelnd ging sie in das ehemalige Gärtnerhaus.

Der Kies knirschte unter Isabelles Schritten und das Geräusch war die richtige Begleitmusik für ihren Ärger. Sie hatte doch tatsächlich die Partei der gemeinen Lousi ergriffen und es sich dadurch möglicherweise mit der guten Madame Wälterli verdorben. Das kam davon, wenn man der inneren Stimme gehorchte. Die wohnte da, wo das Herz saß, und nicht im Kopf, wo der Verstand beheimatet war. Vor wenigen Minuten erst hatte ihr Monsieur Meunier bescheinigt, dass sie sogar mathematischen Sinn besaß. Wozu eigentlich, wenn sie doch in den entscheidenden Fragen der hirnlosen inneren Stimme gehorchte?

Als sie später mit Ricardo darüber sprach, sagte er: „Du

hast deinen Verstand gar nicht ausgeschaltet. Es war sogar ausgesprochen klug von dir, Lousi zu schützen. Du wohnst mit ihr in einem Zimmer. Wenn du sie reingerissen hättest, na, prost Mahlzeit! Wie kommst du überhaupt darauf, dein Gewissen könnte nicht denken?"

„Kann es das doch?", fragte Isabelle erstaunt. „Stoppelt es sich auch nicht nur irgendwas zusammen?"

„Pech, dass ich dein Gewissen nicht mal zur Probe bei mir einsetzen kann, sonst wüsst ich's genau. Meins stoppelt sich jedenfalls nichts zusammen."

„Nach einem Monat", sagte Isabelle, „darf ich um ein anderes Zimmer bitten. Dann geht es mir besser."

„Hast du das schriftlich? Mit wem wirst du denn zusammenziehen?"

„Carlotta und Jinxing werden nicht zu Lousi wollen", dachte Isabelle laut nach. „Außerdem haben sie mich wie Luft behandelt. Die hätten mich wenigstens fragen können, ob das stimmt, was Lousi über mich verbreitet hat. Also, die scheiden aus. Und sonst?"

„Siehst du?", sagte Ricardo. „So ist es uns allen ergangen. Madame Corman mischt und wir finden, dass wir schlechte Karten bekommen haben. Aber wenn wir dann wechseln könnten, wissen wir gar nicht wohin. Mir ging es genauso. Und was besonders komisch war: Ich stellte fest, dass ich mich an Philipp gewöhnt hatte, obwohl wir uns gar nicht grün waren."

„Ich kann mir schlecht vorstellen, dass du mit einem nicht klarkommst. Du steckst doch immer zurück."

„So kann man sich irren. Ich fange keinen Streit an, das ist richtig. Aber ich weiß, was ich will, und ich wehre mich."

„Ricardo?"

„Ja?"

„Ich hab noch nie was für dich getan."

„Wie meinst du das?"

„Ich hab noch keinen für dich verprügelt, ich hab noch keinen Aufsatz für dich geschrieben, ich konnte dich noch nie im Krankenhaus besuchen oder so."

„Na und?"

Sie holte tief Luft. „Also, du hast mir mit Lousi geholfen und beim Schlafwandeln und überhaupt."

„Wenn du dreizehn wärst und ich elf ..."

„... beinah zwölf."

„Wenn du älter wärst als ich, dann hättest du das Gleiche für mich getan."

„Siehst du, das ist es eben: Ich kann dir nichts Gutes tun. Bald wirst du nicht mehr mit mir befreundet sein wollen."

„Mann o Mann! Was ist denn das für eine Freundschaft, die nur hält, wenn die Hilfe immer abwechselnd vom einen und dann vom anderen kommt? Stellst du dir so 'ne Art Tennisspiel mit guten Taten vor?"

„Ich wünsch mir doch nur, dass wir befreundet bleiben. Mit Lousi klappt es nun schon nicht."

„Hör zu, du bist absolut in Ordnung. Ich unterhalte mich gern mit dir. Es spricht nichts dafür, dass sich das in absehbarer Zeit ändert. Okay?"

„Was ist die Mehrzahl von okay?", fragte sie und strahlte wie eine Sonne im Kindermalbuch.

Die Suche nach Superman

In Biologie schaffte es Lousi, wie schon so oft, Lob einzuheimsen. Sie ging mit einem dürren Ästchen zum Pult und Madame nahm es erfreut in Empfang.

„Alle mal herkommen!", forderte die Lehrerin ihre Schüler auf. „Wer von euch weiß, was das ist? Nun?"

Isabelle meldete sich: „Ich glaube, es ist nicht das, was ich sehe, also kein winziger Ast."

„Richtig. Nun wissen wir zwar immer noch nicht, um was es sich handelt. Aber dank Isabelle können wir wenigstens sagen, was es nicht ist. Louise-Simone, erzähl mal, was du uns Interessantes mitgebracht hast."

„Die Raupe eines Frostspanners aus der Ordnung der Schmetterlinge. Um nicht von Meisen gefressen zu werden tarnt sie sich als trockenes Zweiglein."

„Sehr gut." Die Lehrerin hielt einen langen Vortrag über die Familie der Spanner, die als gefräßige Raupen den Knospen, Blättern und Früchten der Laubbäume beträchtlichen Schaden zufügten. „So anschaulich kann Unterricht nur sein", sagte sie zum Schluss der Stunde, „wenn wir den besprochenen Gegenstand – Tier oder Pflanze – vor Augen haben. Ich finde, das sollte uns einen kleinen Applaus für Louise-Simone wert sein."

Alle klatschten und Lousi ging zufrieden an ihren Platz zurück.

In der nächsten Stunde war die angekündigte Mathematikarbeit fällig. Isabelle hatte sich gründlich vorbereitet und ihr Magen, der vor aufregenden Terminen gewöhnlich schmerzte, meldete sich diesmal nicht. Das waren günstige Voraussetzungen für eine wenigstens ausreichende Zensur.

Sie überflog das Arbeitsblatt. Die Textaufgaben waren verständlich formuliert. Isabelle rückte ganz nach außen, um nicht in den Verdacht zu geraten, bei ihrer Nachbarin abzuschreiben.

Als sie aus den Augenwinkeln zu Lousi hinübersah, begann deren rechte Hand zu zittern und wollte gar nicht wieder aufhören.

„Hast du den Tatterich?", flüsterte Isabelle.

„Erste und zugleich letzte Warnung, Madamoiselle Santer", tönte es streng vom Pult.

Erschrocken beugte sich Isabelle über ihr Heft. Doch sie konnte es nicht lassen: Immer wieder musste sie zu Lousi schielen und jedesmal zitterte deren Hand. Isabelle riss einen Schnipsel vom Löschblatt ab, schrieb darauf: „Was hast du?", und schob es über den Tisch.

Lousi reagierte nicht. Sie las und schrieb und zitterte.

Als Isabelle sich endlich auf die Klassenarbeit konzentrierte, fehlte ihr eine Viertelstunde der Zeit, die sie dringend zum Lösen der Aufgaben gebraucht hätte.

Das Pausenzeichen ertönte und Monsieur Meunier sammelte die Hefte ein.

Isabelle wandte sich genervt an Lousi: „Warum hast du mir keine Antwort gegeben? Bist du nun krank oder nicht? Was ist mit dir?"

„Was soll mit mir sein?" Lousi machte einen Froschmund

und hob die Schultern, als hätte sie keine Ahnung, was die Frage bedeute.

Isabelle starrte auf Lousis Hand, die ganz ruhig auf der Tischplatte lag. Lousi stand auf, sah Isabelle unschuldig an und ging hinaus in die Pausenhalle.

Noch vor dem Mittagessen fing Monsieur Meunier Isabelle ab. „Das war wohl nichts“, sagte er. „Du hast ganze vier von acht Aufgaben gelöst. Das ist erbärmlich. Förderunterricht wie gehabt, Mademoiselle.“

„Ich hätte alles gekonnt“, rief Isabelle aufgeregt. „Aber wenn ich abgelenkt werde ...“ Ihre Augen füllten sich mit Tränen.

„Das ist die dümmste Ausrede, die dir einfallen konnte. Stell dir vor, ich würde ins Gasthaus gehen und zum Wirt sagen: ‚Sie haben mir gestern einen Franken zu wenig herausgegeben.‘ Der Mann würde mich zu Recht auslachen. Denn jeder Mensch weiß: Nachträgliche Reklamationen sind ausgeschlossen. Wenn dich ein Mitschüler abgelenkt hat, wäre es an dir gewesen, den Störenfried augenblicklich zu melden.“

Sie schniefte und schlich davon um sich die Hände zu waschen. Das Mittagessen hätte sie gern ausfallen lassen. Ihre Ärger- und Aufregungs-Bauchschmerzen waren wieder da. Sie würde nichts essen können und sich trotzdem zwingen müssen von jedem Gang wenigstens einen Bissen hinunterzuwürgen. Nach ihrer Meinung war es reine Schikane, von kranken Schülern, die nicht bettlägerig waren, die Anwesenheit bei sämtlichen Mahlzeiten zu verlangen. Die Krokotasche empfand anscheinend genauso viel Vergnügen wie Lousi daran, andere zu quälen.

In der Freistunde legte sich Isabelle aufs Bett. Sie verschränkte die Arme hinter dem Kopf und sah zur Deckenleuchte, um die zwei Stubenfliegen kreisten. „Ihr dürft Fangen spielen", sagte sie zu den beiden. „Nur ich muss pauken, bis ich tot umfalle."

Einen Augenblick später trat Lousi ein. „Ich habe gehört, du hast die Arbeit verpatzt. Jinxing war in der Nähe, als dich Monsieur Meunier rüffelte. Fein, dann darfst du ja doch noch länger zum Doofen-Doping gehen."

„Du bist gemein. Deinetwegen hab ich nicht alles geschafft. Du wolltest, dass ich danebenhaue. Nur darum hast du so idiotisch gezittert. Aber warte, du kriegst deine Strafe. Sehr bald sogar."

„Kommt jetzt wieder die Leier mit dem Olympiageist?"

Sie beugte sich über Isabelle und flüsterte ihr ins Ohr: „Ich verrate dir ein Geheimnis: Es gibt ihn überhaupt nicht."

Isabelle stieß Lousi weg und fuhr sie an: „Ich werde es dir beweisen!" Wütend stand sie auf und verließ das Zimmer. Auf Ricardo konnte sie heute nicht zählen. Der war restlos ausgebucht. Sie musste einen intelligenten, großen, starken jungen Mann herschaffen, und zwar möglichst bald, sonst würde sie bei Lousi den Rest ihres Ansehens verlieren. Eine Möglichkeit bestünde darin, Lucs Adresse herauszufinden und ihn anzuflehen ihr durch einen Besuch im Internat aus der Klemme zu helfen. Schwer vorstellbar, aber immerhin möglich, dass er käme. Doch der echte Luc entsprach nicht dem beschriebenen Cousin. Was, wenn Lousi schallend lachen und ihn Giftzwerg nennen würde? Das wäre ihr zuzutrauen.

Ein Superman musste her! Jemand, der Lousi einschüchterte. Isabelle ging hinunter zur Straße nach Villeneuve. Keiner der Männer, die ihr begegneten, kam ihrer Beschreibung von

Luc nahe. Es sah so aus, als ob die Suche einen größeren Aufwand erfordere. Sie beschloss zwischen Abendessen und Schlafenszeit zum nächstgelegenen Gasthaus zu laufen. Dort saßen bestimmt einige Männer. Vielleicht war einer darunter, der sich in Luc Santer verwandeln lassen würde.

An der Tür des Gasthofs hing ein Schild, auf dem „Ruhetag" stand. Isabelle stieß einen Seufzer aus. Die Zeit drängte. Entschlossen sprach sie eine ältere Frau an, die sich im Vorgarten des Nachbarhauses zu schaffen machte.

„Ob ich einen Sohn habe? Freilich. Und zwei Töchter dazu. Enkel habe ich auch. Warum fragst du?"

Egal, wie er aussah. Wenn der Sohn eigene Kinder hatte, war er zu alt um den 19-jährigen Luc zu spielen.

„Wegen einer Wette", sagte Isabelle. „Meine Freundin behauptet, ich würde mich nicht trauen Sie zu fragen, ob Sie einen Sohn haben."

Die Frau reckte den Hals. „Wo ist denn deine Freundin?"

Isabelle tat, als halte sie ebenfalls Ausschau. „Sie hat sich hier irgendwo versteckt. Als ich Sie fragte, war sie ganz in der Nähe um alles zu hören."

Nachdem sie vier Leute verschiedenen Alters nach ihren Söhnen, Brüdern oder Enkeln befragt hatte und nicht weitergekommen war, änderte sie ihre Strategie. Sie musste es eben anders probieren.

„Ich suche jemanden", begann sie, „er ist ungefähr zwanzig, ziemlich groß und kräftig und sieht gut aus."

Das Herz schlug ihr bis zum Halse, als sie nach einer Reihe vergeblicher Versuche von einer alten Dame die Antwort erhielt: „Du meinst den Guido. Er arbeitet im Eiscafé ‚Giovanni'. Ein netter Bursche. Was willst du von ihm?"

„Ich möchte ihn nach einer Adresse fragen", gab Isabelle zurück. Sie sah auf die Uhr und beschloss sich den Kellner wenigstens noch anzuschauen. Mit ihm sprechen könnte sie morgen.

Guido glich vom Aussehen her tatsächlich dem beschriebenen Luc. Doch als sie ihn sprechen hörte, wusste sie, dass sie wieder von vorne anfangen musste mit dem Suchen: Guido sprach nur Italienisch. Seine Französischkenntnisse beschränkten sich auf Brocken, die fürs Eis- und Espressoservieren reichten. Wieder nichts! Isabelle trat den Heimweg an.

„Na?", meinte Lousi anzüglich. „Warst du per Anhalter in Genf bei dem Olympiageist?"

„Ich weiß nicht, was dich das angeht. Luc ist heute Morgen nach Paris geflogen. Wegen seiner Erfindungen. Er hat was gebaut, womit Babys und kleine Kinder gerettet werden, wenn sie ins Wasser gefallen sind."

„Wie spannend! Und wann kommt er zurück?"

Isabelle erkannte die Chance Zeit zu gewinnen. „Er weiß es noch nicht genau", erwiderte sie. „Sobald er in Paris alles erledigt hat, kommt er her."

Sie lag noch lange wach. Wenn sie ein paar Jahre älter wäre und das Internat manchmal auch über Nacht verlassen dürfte, würde sie einen Superman finden, überlegte sie. Dann würde sie einfach nach Genf fahren und sich junge Männer anschauen, notfalls tagelang. Erst am Hauptbahnhof, dann vor der Universität. Und wenn sie dort nicht den Richtigen finden würde, könnte sie sich an eine Agentur wenden, die Models und Schauspieler vermittelte.

Am nächsten Morgen sah sie auf dem Weg zur Schule Smily. Er saß auf einem traktorähnlichen Gerät und mähte den

Rasen. Sie lief zu ihm. „Können Sie das laute Ding mal abstellen?“

„Wo brennt’s?“

„Kennen Sie Guido aus dem Eiscafé ‚Giovanni‘?“

„Nein. Warum?“

„Kennen Sie denn einen von ungefähr zwanzig, so groß wie Sie, nicht dick, aber auch nicht mickrig, ein bisschen der Typ wie der, den Monsieur Paysan manchmal mit dem Gemüse herschickt?“

„Deine Beschreibung passt auf den Kerl, der gestern Abend in dem Fernseh-Western den Schurken spielte und halb Santa Fé in Brand steckte.“

„Ach nein, der, den ich suche, der muss hier in der Nähe sein.“

„Warum gibst du nicht ein Inserat auf oder klebst einen Steckbrief an? – Kind, ich krieg mein Geld fürs Arbeiten, nicht fürs Quasseln. Adieu.“ Tuckernd sprang der Motor wieder an.

Vor der Schule wartete Lousi. „Was wolltest du von Smily?“

„Es ging um seine Geschichten. Er hat mir jeden Tag eine versprochen. Ganz viele kenne ich schon, aber heute erzählt er mir, wie er einen Mörder verfolgt hat.“

„Das hör ich mir auch an!“

„Er will das nicht. Smily hat extra gesagt, er erzählt die Geschichte nur mir. Wenn jemand bei mir ist, will er nur über ... über Wohltäterkäfer sprechen.“

„Wohltäterkäfer? Was soll das denn sein? Smily muss einen Dachschaden haben, sonst würde er sich nicht mit so einer Doofnuss wie dir unterhalten.“

Isabelle überhörte die Beleidigung. „Er kann so toll erzählen!“, schwärmte sie. „Wenn ich ihm zuhöre, bin ich in Gedanken so richtig tief im Urwald und in der Wüste. Da hat er ja Abenteuer erlebt, du glaubst es nicht! Wie ich mich auf nachher freue!“

Lousi biss sich auf die Unterlippe. Sie traute Isabelle nicht. Die log wie gedruckt. Das mit dem Cousin war erfunden und das mit Smily genauso. Andererseits hatte sie vorhin aber tatsächlich mit dem Gärtner gesprochen. Lousi wurde wütend auf Isabelle. Die schleimte sich bei Schroeder ein und bei Smily und zu Madame Wälterli hatte sie ebenfalls einen guten Draht. Warum konnte sie sich um ihre Zimmergenossin Louise-Simone Montand, das As in Bio und Mathe, nicht auch ein bisschen mehr bemühen? Nachträglich freute sie sich ihre Geburtstagsgäste gegen Isabelle aufgebracht zu haben. Sie nahm sich vor, den Mitschülern ab und zu die eine oder andere Unverschämtheit zu stecken, die sich Isabelle geleistet hätte. Zum Schlechtmachen brauchte man nichts als ein paar gute Einfälle und daran bestand kein Mangel. Was könnte ihr schon passieren? Selbst wenn statt Christine dann Krokotasche sie zur Entschuldigung verdonnern würde, na und? Dann müsste sie im schlimmsten Falle noch einmal eine halbe Ewigkeit ausharren, bis Isabelle eingeschlafen wäre. Obwohl – der Gedanke an Madame Cormans zermürbende Strafpredigten nahm dem Vorhaben einen Teil des Reizes.

Am Nachmittag dieses Tages musste Isabelle nach dem Mathe-Förderunterricht noch zur Klavierstunde. In der Regel teilten sich zwei Musikschüler eine Stunde bei Monsieur Travée. Einzelunterricht blieb den Talentierten vorbehalten. Heute wollte sich der Klavierlehrer über Isabelles Fähigkeiten ein Bild verschaffen.

„Spielst du nur nach Noten oder auch auswendig?"

„Beides, Monsieur."

„Dann hol mal was aus deinem Kopf. Es sollte möglichst weder der ‚Flohwalzer' noch ‚Der fröhliche Landmann' noch ‚Für Elise' sein."

Isabelle wartete ab, ob noch mehr Stücke tabu wären. „Bach-Inventionen darf ich?"

„Welche willst du spielen?"

„Die achte, F-Dur."

„Na, dann mal los."

Aus gutem Grund hatte sie gerade dieses Stück ausgewählt. Sie hatte es an ihrem letzten Abend in Straßburg für die Eltern gespielt. „Eine der Inventionen von vorne bis hinten fehlerfrei, Isabelle, glaubst du, dass du mir die Freude machen kannst?", hatte ihr Vater sie gefragt. Und sie hatte geantwortet: „Ich will es versuchen, Papa." Sie hatte sich für die achte Invention entschieden, weil sie nur ein Vorzeichen hatte und die Läufe ihr keine allzu große Fingerfertigkeit abverlangten.

Und dann waren ihr mit der linken Hand dauernd Fehler unterlaufen, die, so hatte es den Anschein, im Leben nicht auszumerzen sein würden. Schon gar nicht bis zum Tag des Abschieds. Sie hatte bereits aufgeben wollen und das Klavier tagelang nicht angerührt. Dann aber hatte sie sich einen Ruck gegeben. Es wäre doch gelacht, wenn sie das nicht schaffen würde, hatte sie gedacht, sich ans Klavier gesetzt und sich zielstrebig Takt für Takt vorangearbeitet. Sobald sie sich verspielte, begann sie wieder ganz von vorn: „Pausenzeichen, f-a-f-c-f". Zum Schluss konnte sie das Stück auswendig.

Am entscheidenden Tag saß sie mit geröteten Wangen da und spielte fehlerfrei das Stück, das Bach für seine Schüler, vor allem für die eigenen Kinder, komponiert hatte. Isabelles Eltern waren gerührt und klatschten laut Beifall.

Der Klavierlehrer schien allerdings Besseres gewöhnt zu sein. Er ließ weder Begeisterung erkennen noch war er beeindruckt. Geschäftsmäßig zog er verschiedene Notenblätter aus einem Regal. Schließlich bemerkte er: „Das war gewissermaßen die Kür. Handwerklich soweit ganz sauber. Kommen wir zur Pflicht. Spiel das hier bitte mal vom Blatt, bis ich abwinke."

Schon nach wenigen Takten brach sie ab. „Das ist mir zu schwer, Monsieur."

Beim dritten Versuch kämpfte sie sich durch bis zum letzten Takt.

„Das genügt. Zwischen deinem ersten Vortrag und dem, was du gerade geboten hast, liegen Welten. Ich werde dich mit einem Externen zusammen unterrichten. Er ist ungefähr so weit wie du."

„Aus meiner Klasse?"

„Nein. Alain ist jünger als du."

Es klopfte. Ein Mechaniker in blauem Overall stand vor der Tür. „Ihr Wagen ist fertig, Monsieur. Ich habe ihn wie gewünscht abgestellt. Hier sind Schlüssel und Papiere."

„Das ist gut. Wir sind gerade fertig geworden. Ich danke Ihnen, André. Augenblick noch." Der Klavierlehrer kramte Trinkgeld hervor.

Isabelle traute ihren Augen kaum: Da stand ja Luc! Nicht der echte, sondern der von ihr erfundene Cousin. Dieser hochgewachsene, gut aussehende André war der gesuchte, heiß erwünschte Superman! Jetzt oder nie! Sie verabschiedete sich eilig von Monsieur Travée und lief hinaus.

Als sie den jungen Mann eingeholt hatte, fasste sie sich ein Herz. „Hallo! Ich hätte da mal 'ne Bitte: Könnten Sie vielleicht mir zuliebe mal so zum Spaß ein anderer sein? Sie müssen denjenigen nur einmal spielen. Ich brauche unbedingt einen Mann, der so aussieht wie Sie. Er muss so tun, als wäre er mein Cousin Luc."

Der Mechaniker musterte das Mädchen und entschloss sich ihr ernsthaft zu antworten. „Ich würde dir gerne helfen", antwortete er. „Aber in zehn Minuten beginnen meine Ferien. Morgen früh geht meine Urlaubsmaschine nach Florida." Er simulierte gekonnt das Geräusch eines startenden Flugzeugs. Seine rechte Hand fuhr beinahe senkrecht gen Himmel und beschrieb dann eine waagerechte Linie.

„Und ich hatte mich schon so gefreut."

„Nur keinen Frust." Er nahm den Arm herunter. „Ich komme ja vielleicht auch mal wieder. Wen soll ich spielen? Deinen Cousin? Was ist das für 'ne Type?"

„Luc sieht genauso aus wie Sie. Er hat bei einer Geistesolympiade mitgemacht und gewonnen. Und er hilft mir gegen Lousi."

„Olympiade", wiederholte er gedehnt. „Es tut mir ausgesprochen traurig, für so'n Klugscheißerkram bin ich garantiert nicht die richtige Besetzung. Deinen Cousin spielen, dir gegen Lousi oder wie sie heißt helfen, das mach ich mit links. Aber Olympiade für den Geist – ich möchte wissen, welcher Hirni sich so'n Stress ausdenkt!"

„Pech", sagte Isabelle. „Schönen Urlaub."

Alltagsgedanken

Isabelle saß auf dem frisch gemähten Rasen und las Großvater Finkenwerders zweiten Brief. Er sei besorgt, weil sie sich nicht melde, schrieb er. Sie solle auf beigefügtem Blatt ankreuzen, was der Grund sei, und es dann in den ebenfalls beiliegenden Umschlag stecken. Diese Vorsorge treffe er für den Fall, dass Zeitnot für ihr Schweigen verantwortlich sei. „Ich kann meinen Opa nicht mehr leiden", stand dort, und „Bin krank", „Habe zu viel Arbeit", „Mir fehlt die Lust", „Ich weiß nicht, was ich schreiben soll", „Mir gefällt es nicht im Internat". Isabelle kreuzte den letzten Punkt an, dann las sie den Brief weiter. Der Großvater berichtete, dass er in der Bratpfanne mit dem Glasdeckel ihren Zettel gefunden und sich darüber sehr gefreut habe. „Bitte nicht traurig sein. Die Fisch- und Schnitzelbräterin ist bald wieder da."

Großvaters Brief war nicht nur von ihm unterschrieben. Doktor Watson hatte den Abdruck einer Pfote darauf hinterlassen. Isabelle roch daran. Opa hatte die Hundepfote in sehr starken Kaffee getaucht, wie er ihn gewöhnlich trank um wach zu bleiben. Der kalte Rest in der Tasse sah immer aus wie schwarzes Öl.

Isabelle sah hinauf zu den Wolken und bekam Sehnsucht nach dem Hausboot und seinen Bewohnern. Wenn es die Hoffnung auf die Sommerferien nicht gäbe, würde sie verzweifeln. Lousi war und blieb eine Landplage und jeder neue

Tag bescherte irgendeine Enttäuschung. Daran war nicht ausschließlich Lousi schuld. Im Ärgermachen erwiesen sich auch manche Lehrer als äußerst erfinderisch.

„Buenos dias", hörte sie da eine Stimme. „Como está usted? Muss ich übersetzen?"

„Hallo, Ricardo. Nein, nicht nötig. Danke, mir geht's prima." Das entsprach zwar nicht der Wahrheit, aber sie hatte sich vorgenommen Ricardo nicht immer mit ihren Klagen in den Ohren zu liegen.

„Gibt's bei dir was Neues?", fragte Ricardo.

„Ich hab bei Monsieur Travée vorgespielt. Er fand mich nicht besonders und hat mich mit einem von den jüngeren Externen zusammengetan."

„Das nervt dich?"

„Ich find's total gut. – Guck mal hier." Sie zeigte auf den Pfotenabdruck. „Doktor Watson hat unterschrieben. Ist das nicht süß?"

„Ja, wirklich. Dein Großvater muss nett sein, sonst käm er nicht auf so eine Idee."

„Er macht sich Sorgen, weil ich nicht geschrieben hab. Da hat er mir einen Fragebogen geschickt, darauf brauche ich nur anzukreuzen, dass ich krank bin oder so."

„Welchen Grund wirst du ankreuzen?"

„Ist schon passiert. Ich hab angekreuzt, dass es mir hier nicht gefällt." Sie sah ihm an, dass er damit nicht einverstanden war, und wollte ihn beruhigen. „Mein Opa ist noch gut beieinander. Er klappt nicht zusammen, wenn ich ihm die Wahrheit sage."

„Das meinst du vielleicht nur. Man kann auch einen Gesunden durch Worte ganz schön verletzen."

Isabelle fühlte sich verunsichert. Sie wollte ihrem Großvater nun wirklich nicht wehtun und war überzeugt, dass der angekreuzte Grund dazu auch gar nicht ausreichte. Ob Ricardo durch den Kummer mit seiner Mutter nicht doch zu pingelig war?

Der Junge setzte sich neben sie ins Gras. „Hast du schon mal nachgedacht, warum es diese Ausdrücke gibt: ‚Jemanden mit Argumenten erschlagen', ‚durch Worte verletzen', ‚mit Blicken töten', ‚mit Forderungen erdrücken'?"

Isabelle ließ sich die Redensarten durch den Kopf gehen. Was Ricardo gesagt hatte, leuchtete ein: Um jemandem wehzutun brauchte man keinen Knüppel, es genügten böse Worte oder Gesten. „Wenn ich über was betroffen bin, dann hat mich etwas getroffen. Nicht unbedingt ein Giftpfeil, um's mal so auszudrücken, aber vielleicht ein Steinchen aus einer Schleuder oder so."

„Genau. Und weil dein Großvater kein alter Knacker ist, sondern ein lieber Mensch, verdient er nicht, dass du ihm statt eines Briefes nur etwas Angekreuztes schickst."

„Okay, ich schreibe." Unvermittelt prustete sie los. „Weißt du, was ich mir vorgestellt habe?"

„Dass du mir mit einem Pusterohr Heidelbeeren auf die Brille schießt?"

„Nein. Dass ich ein neues Gewissen hab, das auf zwei langen Jungsbeinen neben mir herstakst. Ich könnte mich krumm lachen."

„Gratuliere", sagte Ricardo und schüttelte sich selbst kräftig die Hand. „Junge, du bist die Lachnummer des Jahres."

Sie kniff die Augen zusammen und sah ihn zweifelnd an. „Hab ich dich jetzt etwa durch Worte verletzt?"

„Die Antwort ist: nein.“

„Dann ist es gut. Nämlich ... ach, nichts. – Hast du auch Post bekommen?“

„Nein. Übrigens, ich hab dich gestern mit einem sprechen sehen, der einen Monteuranzug trug. Wer war das?“

„Das war André von der Autowerkstatt. Er brachte Monsieur Travées Wagen.“

„Worüber habt ihr euch denn unterhalten?“

„Über Urlaub und dass er nach Amerika fliegt.“

„Komisch. Es sah so aus, als ob die ganze Zeit nur du sprachst und ihn zu irgendwas überreden wolltest.“

„Ach so, das meinst du! Ich hab ihn nur so aus Jux gefragt, ob er mal meinen Cousin Luc spielen würde. Ich drohe Lousi öfter damit, dass der eines Tages kommt und ihr Saures gibt.“

„Lousi ist ein Satansbraten, aber beknackt ist sie nicht! Glaubst du, die merkt nicht, wenn du ihr einen Autoschlosser aus Villeneuve unterjubelst?“

„Ich wette zehn gegen eins, dass sie es nicht merken würde. Aber André will mir den Gefallen ja nicht tun.“

„Das ist dein Glück, sag ich dir. Wenn Lousi das spitzkriegen würde, könntest du wirklich einpacken.“

„Irgendwann finde ich einen, der Luc spielt, und dann ist sie dran. Er soll ihr die Katze den Buckel hochjagen, jawohl.“

„Und was tust du in der Zwischenzeit? Lässt du dir alles gefallen und wartest auf bessere Zeiten?“

„Von wegen! Ich versuche mich zu wehren. Aber dann ist es ja immer schon passiert! Ich müsste in sie reingucken können. Dann würd ich ihr schon den Spaß verfuhrwerken.“ Ihr kam eine Erleuchtung. „Du, Ricardo, es gibt doch Messgeräte, mit denen man feststellen kann, ob einer lügt.“

„Lügendetektoren. Das sind Hochfrequenzgleichrichter."

„Ja, ja, genau. Und es gibt Röntgengeräte. Dann müsstest du es doch irgendwie hinkriegen, was zu erfinden, womit man die Gedanken lesen kann, die jemand gerade hat."

Er hob beide Arme. „Verschon mich mit dem gläsernen Menschen! Ich will noch nicht einmal ein Telefon mit Bildschirm haben. Was ich über andere denke, geht nur mich was an. Ich fänd's schrecklich, wenn ich nicht mal mehr meine Gedanken für mich allein hätte."

„Aber bei Lousi wär's gut. Gib's zu."

„Ich bin grundsätzlich dagegen. Also auch bei Lousi. Schätze, du musst was anderes finden, das die Menschheit braucht."

„Wenn du Lust dazu hast, könnten wir Samstag mal ins Eiscafé fahren. Sobald ich Vanille- und Maracujaeis mit Zabaione und einem Sahnehäubchen esse, kommen mir die tollsten Ideen. Ich pflanz mich auf den Gepäckträger, dann sind wir im Nu da."

„Ich bin dabei."

Vom Kiesweg her winkte Madame Wälterli. „Grüezi, ihr beiden. Tut mir den Gefallen und setzt euch auf eine Bank. Im Gras liegen stechende Insekten auf der Lauer und ihr seht sie nicht kommen."

Ricardo stand sofort auf. Er musste sowieso gehen.

„Isabelle, fürchtest du denn gar nicht die hässlichen Grasflecken?", sagte Madame Wälterli kopfschüttelnd.

„Ich hab nicht daran gedacht."

Mit einer angedeuteten Verbeugung in Richtung Wirtschafterin und einem „Bis später" zu Isabelle verschwand Ricardo.

„Wie schön, Isabelle, dass du dich mit ihm angefreundet

hast. Ricardo ist ein richtiger kleiner Kavalier. Der geborene Diplomat."

„Stimmt." Isabelle nahm ihre Post und stand auf. „Ich muss meinem Opa antworten. Er und Doktor Watson haben mir heute das hier geschickt." Sie fächelte sich Luft zu.

„Kind, weißt du eigentlich, wie gut du es hast?"

„Sie meinen wegen Großvater und Ricardo?"

„Und dass du hier sein darfst und schicke Kleidung trägst ..."

„Dass ich hier bin und dass es Lousi gibt, find ich überhaupt nicht zum Freuen."

„Willst du damit etwa sagen, du bist nicht gern im Schloss? Andere Kinder würden vor Freude weinen, wenn sie an deiner Stelle wären."

„Ich auch, Madame. Dann könnte ich nämlich wieder zu meinem Opa zurück." Isabelle fand es dumm, dass ihr die Erwachsenen immerzu „die andern" vorhielten. Sie glaubte einfach nicht, dass ein Kind aus Indien oder Afrika jedesmal vor Freude hüpfen würde, wenn es einen Mathelehrer sah. Ebenso wenig hielt sie es für möglich, dass andere Mädchen Freudentränen vergießen würden, wenn sie mit Lousi das Zimmer teilen müssten.

Lousis neuer Streich

Isabelle und Ricardo merkten nicht, dass sie beobachtet wurden, als sie fröhlich nach Villeneuve radelten. Was sie schon gar nicht wissen konnten, war, dass Lousi gleich darauf zum

Telefon rannte und bei der Gendarmeriestation anrief. „Ich melde einen Fahrraddiebstahl."

„Wer spricht denn da?"

Sie lieh sich kurzerhand den Namen einer Mitschülerin aus. „Madeleine Luth, Monsieur. Ein dunkelhaariger Junge, so ungefähr dreizehn, hat gerade ein ganz teures grünblaues Herrenrad mit türkisfarbenem Sattel gestohlen, das im Ständer an der Schlossschule abgestellt war. Er ist dann mit einem blonden Mädchen auf dem Gepäckträger in Richtung Villeneuve verschwunden."

„Das Rad gehört dir?"

„Nein, einem Lehrer."

„Und der heißt wie und du wohnst wo?"

Lousi legte den Hörer auf. Mit einem Polizisten, der hilfsbereiten Zeugen neugierige Fragen stellte anstatt einen Dieb zu schnappen, vergeudete sie ihre Zeit.

Der gewünschte Eisbecher wurde Isabelle nicht vom gut aussehenden Guido serviert, mit dem sie kürzlich um ein Haar in Geschäftsbeziehungen getreten wäre, sondern von einem zierlichen Mädchen, das Christine ähnlich sah. Wenn das Gerät bereits erfunden wäre, mit dem man Gedanken sichtbar machen könnte, dachte Isabelle, dann wüsste Guido jetzt, für welche Aufgabe sie ihn bestimmt hatte. Und Ricardo hätte sie in der Gegend herumlaufen und fremde Leute anquatschen sehen. So betrachtet war es wirklich beruhigend, dass Gedanken sich bislang nicht sichtbar machen ließen. Ricardo hatte den Nachteil gleich erkannt. Entweder war er von Natur aus verständiger als sie. Oder er hatte über diese Dinge auch schon nachgedacht und war, wie sie gerade eben, durch ein anschauliches Beispiel klug geworden.

Isabelle steckte sich das winzige Schirmchen, das ihr Eis krönte, hinters rechte Ohr. „Falls es nachher regnet." Dann genoss sie Löffel für Löffel. Ricardo schlemmte köstliche Eissplittertorte. Mit „Mmh!" und „Ohhh!" und ähnlichen Lauten der Entzückung bestritten sie einen Teil der weiteren Unterhaltung.

„Du schmeckst mit." Isabelle sog mit einem Strohhalm den Rest Eis aus der Tiefe des Bechers.

„Versteh ich nicht."

„Das ist doch ganz einfach. Wenn ich mein Lieblingseis allein esse oder mit Lousi oder so, dann schmeckt es mir nicht halb so gut wie mit dir. Also schmeckst du mit."

„Verstehe. Ich hatte früher ein Kindermädchen, das stellte manchmal einen Plüschlöwen mit einem fürchterlichen Knick in der Optik auf den Tisch. So schlimm hab ich nie wieder ein Tier schielen sehen. Wenn ich dem Löwen gegenübersaß, musste ich wie unter Zwang auf seine Augen starren. Der Anblick verdarb mir jedesmal den Appetit."

„Unsere Haushälterin in Straßburg hatte einen Zwergpudel mit nur einem Ohr. Aber sie kämmte die Locken über die Stelle und dann sah man nichts."

„Was wolltest du denn sehen? Es war ja nichts da."

Darüber lachten sie sich halb tot. Sie kicherten noch, als sie die Eisdiele verließen und aufs Fahrrad stiegen.

„Halt!" Ein junger Polizist stellte sein Motorrad ab und kam energisch auf die beiden zu, während er einen Notizblock zückte. „Hallo. Ihr wisst, warum ich euch anhalte?"

Isabelle stieg vom Gepäckträger. „Vielleicht darf man in der Schweiz nicht zu zweit auf einem Rad sitzen? Wir sind Ausländer und wussten das nicht."

„Da wäre ich bereit ein Auge zuzudrücken“, sagte der Polizist und wandte sich an Ricardo. „Aber du bist vorhin beim Diebstahl beobachtet worden.“

„Bei waaas?“

„Uns liegt eine Meldung vor, wonach du dieses Fahrrad am Schloss gestohlen hast.“

„Wer sagt denn so etwas? Das Fahrrad gehört mir!“

„Kannst du das beweisen?“

„Isabelle kann es bezeugen.“

„Tatbeteiligte werden als Zeugen nicht akzeptiert.“

„Das hier ist wirklich mein Rad. Sie können sich im Internat erkundigen. Nicht weit von hier wohnt mein Klavierprofessor, der kennt mein Fahrrad auch.“

„Adresse?“

„Halt, mir ist was eingefallen!“ Isabelle deutete aufgeregt auf die Fahrradklingel. „Vor längerer Zeit hab ich den Deckel abgeschraubt und zwei Glanzbildherzen druntergeklebt.“

Flink drehte sie den Klingeldeckel ab und hielt ihn triumphierend dem Gesetzeshüter unter die Nase. „Das ist der Beweis für die Unschuld. Sind wir nun wieder auf freiem Fuß?“

„Wo hast du das denn her? Zu viel ferngesehen, wie?“

„Mein Großvater schreibt Kriminalgeschichten und das tue ich später auch.“

„Wenn das so ist ... Dann wäre da allerdings noch das fällige Verwarnungsgeld, weil ihr zu zweit gefahren seid.“

„Wieso? Sie haben doch vorhin ganz laut unter Zeugen gesagt, Sie würden deswegen ein Auge zudrücken.“

„Vor dir muss man ja Angst haben. Aber gut, lassen wir es ausnahmsweise bei einer mündlichen Verwarnung. Ich brauche jetzt nur noch eure Namen und Adressen, dann seid ihr ...

auf freiem Fuß." Nachdem der Beamte die Angaben notiert hatte, verabschiedete er sich und ging.

„Ricardo?"

„Ich weiß, was du fragen willst: Ob ich auch denke, was du denkst."

Isabelle stutzte. „Hast du den Gedankenleser doch erfunden?"

„Ich habe nicht und werde nicht. Klarer Fall, dass du denkst, Lousi hätte mal wieder ihre Hand im Spiel. Die hat uns angeschwärzt. Ich glaube das auch."

„Dann brauchen wir eine Strategie." Isabelle nahm das Schirmchen hinterm Ohr weg und benutzte es als Zeigestock. „Da sitzt Lousi", sie deutete in Richtung Schloss, „und spitzt darauf, dass wir zurückkommen und völlig fertig sind. Und hier", die Schirmspitze wies zu Boden, „stehen wir und beschließen ihr die Suppe zu versalzen."

Ricardo rang mit sich. „Es gäbe da eine feine Möglichkeit. Es ist nämlich so: Wer groben Unfug treibt und die Polizei narrt, muss den Einsatz bezahlen."

„Das gefällt mir, das ist super! Los, wir rufen gleich an!"

„Wir müssen es uns leider verkneifen."

„Ach ja, wegen deiner Mutter." Sie schaute verlegen zu Boden. Daran hätte sie denken müssen. Plötzlich hellte sich ihr Gesicht wieder auf: „Und wenn ich's allein mache? Allein zur Polizei gehe und sage, du hast nichts damit zu tun?"

„Erstens kannst du nichts beweisen."

„Du bist gut?! Wir wissen ganz genau, dass es Lousi war."

„Wir glauben das, aber wissen tun wir es nicht, solange uns der Beweis fehlt. Zweitens ist Lousi schon wegen der Reinigungsrechnung fast pleite. Drittens wären wir ja genauso mies wie sie, wenn wir sie reinreißen würden."

„Trotzdem. Ich hab eine Stinkwut auf sie. Meine Eltern haben mir immer verboten jemanden zu verraten. Und Opa sagt, ein Denunziant ist der schlimmste Wicht im ganzen Land oder so. Darum habe ich Lousi vor Madame Wälterli in Schutz genommen. Einmal mach ich das. Aber wenn sie merkt, dass ich sie nie verpetze, egal, welche Gemeinheiten sie sich ausdenkt, dann kann ich mir das Gehirn rausoperieren lassen. Wozu brauche ich es noch, wenn ich es doch nicht benutze?"

„Wir gehen ins Schloss zurück, ganz fröhlich, das ärgert sie am meisten. Und heute tust du so, als ob nichts wär. Ich verspreche dir, dass ich mir eine gerechte Strafe ausdenke."

In etwas gedrückter Stimmung machten sie sich auf den Rückweg. Sie sprachen wenig. Jeder hing seinen eigenen Gedanken nach. An der Stelle, wo Isabelle bei ihrem Fluchtversuch ihren Rucksack versteckt hatte, blieben sie stehen. „Wir müssen die gute Laune anknipsen", sagte sie. „Das falsche Biest könnte irgendwo lauern und uns beobachten."

„Wir haben doch auch gut lachen", sagte Ricardo. „Das Eis war super und der Polizist hat uns kein Strafgeld abgepresst. Mehr kann man von einem Nachmittag doch nicht verlangen."

„Ich denk einfach an das, was der Pudel nicht hatte, und an den schielenden Löwen, dann hab ich genug zu lachen." Wie auf Kommando platzten sie beide los.

Lousi blieb bis zum Abendessen verschwunden. Isabelle konnte ungestört an ihre Eltern schreiben, deren Brief sie am Morgen erhalten hatte. Weil das den Vater besonders interessierte, berichtete sie, dass sie neuerdings wieder Klavierunterricht habe. Auch von der Sieben in Französisch erzählte sie. Louise-Simone Montand erwähnte sie mit keinem Wort.

Wenn sie Lousis Bosheiten verschweigen musste, blieb über sie nicht viel zu sagen.

Beide Mädchen waren zu Bett gegangen und hatten das Licht ausgemacht, als plötzlich ein seltsames Geräusch zu hören war. Isabelle lauschte angestrengt um festzustellen, aus welcher Zimmerecke es kam. Es klang, als flattere ein Vogel in einem Pappkarton und schreie kläglich nach Futter. Sie war nicht ängstlich. Ihr Vater hatte oft gesagt: „Es gibt für alle ungewöhnlichen Ereignisse eine natürliche Erklärung. Du musst den Dingen auf den Grund gehen statt dich vor Angst zu verkriechen."

Isabelle schaltete die Deckenbeleuchtung ein. „Lousi, kann es sein, dass wir einen Vogel im Zimmer haben?"

„Na sicher, klar doch, und ob! Den aus deinem Gehirnkasten."

„Ich hatte so einen supertollen Tag", gab Isabelle zurück, „da kannst du machen, was du willst: Du schaffst es nicht, mir die Laune zu vermiesen. Ich war nämlich mit Ricardo bei seinem Klavierlehrer. Dem gehört ein klasse Swimmingpool, so groß wie ein Tennisplatz. Ach ja, und stell dir vor, seine Dalmatinerhündin hat vier Junge, die sind vielleicht süß! Mit denen durfte ich spielen. Und dann waren wir noch im Eiscafé." So. Das musste vorerst genügen. Sie wartete auf das beunruhigende Geräusch, aber sie hörte nichts mehr. Möglich, dass sich ein Käuzchen auf die Fensterbank verirrt hatte und nun durch die Stimmen vertrieben worden war. Sie löschte das Licht und legte sich wieder zu Bett. Kaum war es finster, begann das Flattern und Schreien erneut.

„Lass das Licht aus!", befahl Lousi. „Ich will endlich schlafen."

„Erzähl mir nicht, du könntest bei dem Geschrei in süßen Schlummer fallen.“ Isabelle machte das Licht an und sah hinter der Gardine nach, unter den Betten, im Schrank. Mitten im Zimmer blieb sie stehen. „Wieso ist das Geräusch immer weg, wenn es hell ist? Soll ich es dir sagen? Du steckst dahinter.“

„Spinn nicht. Wie denn?“

Isabelle war mit einem Satz an Lousis Bett, schlug die Decke zurück und sah die Worte ihres Vaters bestätigt: Es gab für jedes außergewöhnliche Vorkommnis eine simple Erklärung. „Du spielst die Geräusche ab, da, mit dem Kästchen.“

Lousi ließ ein kleines Diktiergerät unter dem Kopfkissen verschwinden. „Hau ab!“

Isabelle löschte das Licht und kroch ins Bett zurück.

„Weißt du, wie mies du bist? So mies, dass kein Mädchen mit dir im Zimmer schlafen will. Ich hab sie alle gefragt. Keine will mit mir tauschen. Sie wollen es nicht mal dann, wenn ich ihnen etwas ganz Schönes schenken würde. Bloß ich, ich muss es hier bei dir aushalten. Das ist unfair. Warum schreibst du deinen Eltern nicht, sie sollen dich hier wegholen?“

Lousi antwortete nicht.

Tags darauf wurde Madeleine Luth zu Madame und Monsieur Corman zitiert. Zum Glück konnte sie beweisen, dass sie zu der Zeit, als der Anruf bei der Gendarmerie einging, in Begleitung des Reitlehrers und mehrerer Mitschüler ausgeritten war. Den Sonntag über wurde es brenzlig für Lousi. Hühnerauge hatte sich vorgenommen die Denunziantin zu entlarven. Er ließ sich von jedem Mädchen versichern, es habe mit der falschen Beschuldigung nichts zu tun. Nur zögernd schloss er sich der Meinung der meisten Lehrer an, dass ein externer Schüler für den Streich verantwortlich sei.

Isabelle hatte den Zwischenfall Lousi gegenüber bisher mit keinem Wort erwähnt und beobachtete die Schuldige sehr aufmerksam. Als die Gefahr für Lousi gebannt schien, sagte sie zu ihr: „Jetzt darfst du dich bei mir bedanken, dass ich den Mund gehalten hab. Ricardo und ich können beweisen, dass du uns angeschwärzt hast."

„Wie denn?"

„Das verrat ich nicht. Ricardo sagt, ich soll dir eine allerallerletzte Chance geben. Wenn du mir noch einmal was Gemeines antust, sagt er, dann bin ich keine Petze, wenn ich Krokotasche alles verrate: Was du mit der Snoopy-Bluse angestellt hast, die gemeinen Lügen über mich an deinem Geburtstag, dann das mit dem Tonband und dass du ihn bei der Polizei falsch beschuldigt hast."

„Bestell Schroeder, ihr könnt mich mal."

Die Gefangene von Chillon

Die älteren Schüler behaupteten, Monsieur Corman habe zwei Leidenschaften. Mit der einen – den gelben Zetteln – schaffe er sich Feinde, mit der anderen – einer Bootsfahrt über den Genfer See zum berühmten, sagenumwobenen Schloss Chillon – versöhne er einige von ihnen wieder.

Jedes Jahr im späten Frühling mietete er für die Klasse der Elf- bis Zwölfjährigen auf eigene Kosten kleine Boote. Damit ruderten sie auf dem Genfer See um die Wette zum Schloss. Aus einem Fenster des Wehrturmes hing eine Strickleiter, daneben baumelte ein Seil, das sich die Kinder wie Bergsteiger umlegen mussten. Oben am Fenster warteten vier besonders zuverlässige Schüler der Abschlussklasse. Immer wenn ein Ankömmling eine Sprosse erklommen hatte, zogen sie das Sicherungsseil ein wenig an. Falls ein Junge oder ein Mädchen auf der Strickleiter schlappmachen oder danebentreten würde, konnte ihnen nichts passieren. Noch nie hatte es bisher einen Unfall gegeben. Die Aktion war Jahr für Jahr ein Riesenspaß für alle Beteiligten. Die Erwachsenen stellten schmunzelnd fest, dass sich sämtliche Schülergenerationen in einer Hinsicht glichen: Sie ließen keinen Zweifel daran, dass sie den Direx, und wenn schon nicht ihn, dann wenigstens einen der Lehrer gern einmal fehltreten und am Rettungsseil würden zappeln sehen.

Madame Corman hatte sich von der „MW", der Missgeschick-Wunschliste, selbst gestrichen. Die Dame kniff. Sie stieg in kein Boot, sondern betrat das auf einer Halbinsel gelegene Schloss von der Landseite her.

Sobald die letzte Begleitperson den ehrwürdigen Bau geentert hatte, begrüßte ein älterer Herr die Ankömmlinge und lud sie zu einer Führung ein. Mit Begeisterung zeigte er den Schülern die prunkvollen Säle, die Säulengänge, Kemenaten und Schlafgemächer. Der Stolz, mit dem er auf das prächtige Inventar, die Kassettendecken und die kunstvollen Gemälde und Stahlstiche verwies, ließ einen fast glauben, das Schloss gehöre ihm persönlich.

Nach der Besichtigung durften sich die Zuhörer in einer Küche um den offenen Kamin lagern. Von der Decke hingen dicke Eisenketten, an deren Enden jeweils ein mächtiger Haken einen großen Topf hielt. Jedes Kind band sich eine Servi-

EINFACH MEGASTARK!
Neue spannende Abenteuer ...
SCHNEIDER BUCH
Viel Spaß beim Lesen.

Theo Schwartz

Das Wettfliegen

Bibi Blocksberg, Bd. 8

Bei einem Wettfliegen tritt die kleine Hexe gegen Baron von Zwiebelschreck, die Punkerhexe Schubia Wanzhaar und den jungen Erfinder Eddi Eddison an. Das kann spannend werden...

Best.-Nr. 10751
DM 14,95 /
ÖS 109,-

mit Gepäck-Anhängern

Theo Schwartz

Die Lipizzaner

Bibi und Tina, Bd. 16

Bibi und Tina entdecken am Waldrand in einem verlassenen Pferdetransporter zwei Lipizzaner. Doch wo steckt der Fahrer und wem gehören die beiden Rassepferde?

Best.-Nr. 10749
DM 12,95 / ÖS 95,-

Günter Huth

Steffis größter Wunsch

Steffi hätte so gern einen Hund! Aber ihre Mutter ist gegen ein Haustier. Als nebenan eine Hundezüchterin einzieht, beginnt für Steffi ein Sommer voller Überraschungen …

Best.-Nr. 10743
DM 12,95 / ÖS 95,-

Helena Dahlbäck

Ein Hund muss her!

Hallo, Lina

Die Schule hat sich Lina viel lustiger vorgestellt. Aber zum Glück findet sie dort nette Freunde. Und wenn sie nach Hause kommt, wartet dort Bassermann, der Hund von Tante Anne. Noch lieber hätte sie einen eigenen Hund.

Best.-Nr. 10794
DM 11,95 / ÖS 87,-

Helena Dahlbäck

Schule ist nur halb so wild!

Hallo, Lina

Acht ist das schönste Alter, denkt Lina an ihrem achten Geburtstag. Aber von wegen! Die Schule nervt total, ein Freund bereitet ihr Kummer, Bassermann, der Hund von Tante Anne, entkommt ihr.

Best.-Nr. 10795
DM 11,95 / ÖS 87,-

Elvira Hoffmann

Einer zu viel

Das Internat am Genfer See, Bd. 10

Ausgerechnet mit Louise-Simone muss Isabelle das Zimmer teilen. Die kleine Französin denkt sich fortwährend dumme Streiche aus. Als sie dann auch noch gemeine Lügen über sie verbreitet, plant Isabelle ihre Flucht …

Best.-Nr. 10756
DM 14,95 / ÖS 109,-

Inger Brattström

Wer hat Mirja gesehen?

Die heitere Stimmung im Ferienlager schlägt jäh um, denn Mirja, die Einzelgängerin aus Polen, ist spurlos verschwunden. Plötzlich haben alle ein schlechtes Gewissen.

Best.-Nr. 10766
DM 14,95 /
ÖS 109,-

Thomas Brezina

13 Stunden in der Geisterbahn

Grusel-Club, Bd. 1

Vickys Freundin erklärt sich zu einer Mutprobe bereit. Als sie nach 13 Stunden noch nicht wieder aufgetaucht ist, macht sich der Gruselclub auf die Suche nach ihr.

Best.-Nr. 10788
DM 16,95 / ÖS 124,-

NEU von Thomas Brezina

Spuklupe

Zum Entschlüsseln von Grusel-Botschaften und Aufdecken von gruseligen Illustrationen!

Thomas Brezina

Der Geist aus dem Dschungel

Grusel-Club, Bd. 4

Schaurige Dinge geschehen in Jupiters, Vickys und Nicks Schule. Hat das alles mit der Dschungelfigur zu tun, dem Geschenk eines unbekannten Spenders? Lebt sie?

Best.-Nr. 10791
DM 16,95 / ÖS 124,-

Club-Zeitung

Randvoll mit gruseligen Gruselinfos: Deine persönliche Gruselclub-Stärke, Grusel früher und heute, Gruselclub-Spuktricks, Gruselrätsel, Gruselwitze und vieles mehr.

1

Willkommen im

Gruselclub Magazin

Das unsichtbare Biest

Woher kommt das Biest im Hornmeier-Museum?

Auf der Südseeinsel Taranaki verschwindet eine Vulkanologin unter mysteriösen Umständen spurlos. Fast gleichzeitig wird ein rätselhaftes Funkgespräch belauscht. Es geht darin um den Vulkan Echno, einen Meeres graben und eine Verschwörung. Mark Mega soll mehr rausfinden und stürzt dabei in den Krater des Vulkans, der ein schauriges Geheimni. Auf der Südseeinsel Taranaki verschwindet

Thomas Brezina

Piraten aus dem Weltraum

Ein Fall für dich und das Tiger-Team, Bd. 17

Die drei Tiger-Team-Freunde stehen vor einem Rätsel: Wer sind die eigenartigen Wesen, deren Körper aus Metall zu bestehen scheinen? Piraten? Weltraumpiraten?

Best.-Nr. 10785
DM 16,95 / ÖS 124,-

Thomas Brezina

Verrat bei der Formel 1

Geheimauftrag für dich, Mark Mega und Phantom, Bd. 9

Mark soll herausfinden, warum der Anwärter auf den Weltmeistertitel im Formel-1-Rennen angeblich durchdreht. Als andere das verhindern wollen, muss Mark Mega selbst in einen Rennwagen steigen.

Best.-Nr. 10786
DM 16,95 / ÖS 124,-

Mit Tricks und Zauber-Tüte

H. G. Franciskowsky

Die Fälscherbande

Zauber-Detektive, Bd. 2

Eine berühmte Musikgruppe bittet ihre Fans um Hilfe: Verbrecher fälschen ihre CDs. Die Zauber-Detektive ermitteln auf eigene Faust …

Best.-Nr. 10698
DM 14,95 / ÖS 109,-

H. G. Franciskowsky

Die Jagd nach dem Super-Chip

Zauber-Detektive, Bd. 1

Robert ist Zauberkünstler. Oft hilft er seinen Freunden mit tollen Tricks. Doch auf der Jagd nach einem gestohlenen Computerchip müssen sie alle eine schwierige Probe bestehen …

Best.-Nr. 10697
DM 14,95 / ÖS 109,-

Mit Fußball-Sammelkarten

Mit Grusel-Tattoos

Christopher Pike

Das Grabmal der Hexe

Spook City, Bd. 7

In einer anderen Dimension tut sich für Sally, Adam und Watch die Gegenwelt von Spook City auf. Hier lauern mörderische Dämonen, die sich das echte Spook City unterwerfen wollen!

Best.-Nr. 10748
DM 12,95 / ÖS 95,-

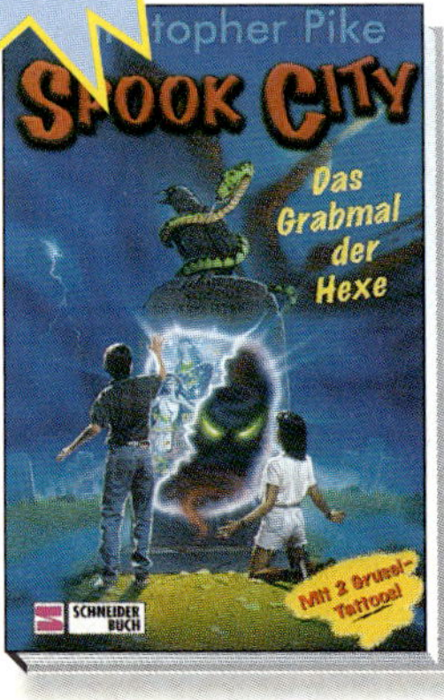

Peter Kuntze

Im Strafraum brennt's

Tor!, Bd. 5

Die C-Junioren des SV Neustadt fiebern der Pokalentscheidung entgegen. Doch Torwart Tommy versagt ausgerechnet im Viertelfinale! Jetzt kann nur ein Wunder helfen.

Best.-Nr. 10669
DM 14,95 / ÖS 109,-

Tina Caspari

Der Priester mit den roten Schuhen

Pizza-Bande

Aufgeregt lauern die Vier von der Pizza-Bande in ihrem Versteck bei der verlassenen Villa. Da taucht eine unheimliche Gestalt aus der Dunkelheit auf …

Best.-Nr. 10770
DM 12,95 / ÖS 95,-

Ursel Scheffler

Kommissar Kugelblitz fischt im Internet

Kommissar Kugelblitz, Bd. 17

KK reist nach New York zu einer Tagung. Dort geht es um die Fahndung nach Verbrechern über das Internet. Und KK ermittelt gleich gegen einen berüchtigten Mafiaboss.

Best.-Nr. 10792
DM 12,95 / ÖS 95,-

Wolfgang Kammer

Mit Schmugglern auf hoher See

Vier greifen ein, Bd.5

Eike und Nico lernen einen Matrosen kennen. Er erzählt ihnen von einer geheimen Fracht, die auf dem Seeweg außer Landes gebracht werden soll. Dabei sollen die Jungen helfen. Bald merken sie: Da ist etwas faul …

Best.-Nr. 10687
DM 12,95 / ÖS 95,-

Enid Blyton
Hanni und Nanni,
Bd. 1 – 19

Im Internat Lindenhof ist immer was los. Dafür sorgen schon die Zwillinge Hanni und Nanni. Wo sie auftauchen sind lustige Streiche und Abenteuer garantiert.

Jeder Band DM 12,95 / ÖS 95,-

Enid Blyton
Dolly
Bd. 1 – 18

Dolly verbringt eine schöne Schulzeit auf Burg Möwenfels. Aber irgendwann geht auch die schönste Internatszeit zu Ende. Zum Glück ist es kein Abschied für immer.

Jeder Band DM 12,95 / ÖS 95,-

Enid Blyton
Tina und Tini
Bd. 1 – 14

Für Abenteuer und Aufregung haben die beiden einen Riecher. Und ihre Abenteuerlust lässt ihnen keine Ruhe, bis sie des Rätsels Lösung kennen.

Jeder Band mit Beauty-Glitter. Nur solange Vorrat reicht.

Jeder Band
DM 12,95 / ÖS 95,-

Enid Blyton
Unheimliche Verfolgung

In fünf spannenden Geschichten müssen Kinder gegenüber scharfen Hunden, finstren Dieben und einem drohenden Zugunglück Mut beweisen.

Best.-Nr. 10747
DM 10,95 / ÖS 80,-

http://www.schneiderbuch.de

SCHNEIDER BUCH

Viel Spaß beim Lesen.

ette um, die im Nacken geknotet werden musste, und nahm eine gebratene Hühnerkeule und ein Stück geröstetes Brot entgegen. Im Geist versetzten sich die Schüler ins Mittelalter zurück und nahmen im Kreis edler Rittersleut' an einem Gelage teil.

Während sie aßen und die abgenagten Knochen ins prasselnde Feuer warfen, erzählte ihnen Monsieur Corman mit dem Kenntnisreichtum eines Historikers von der Geschichte des alten Schlosses. Die älteren Schüler spotteten leise, Hühnerauge lebe für diese Stunde am Kamin, in der er sein Hobby – das Schloss Chillon – zum Beruf machen dürfe.

„Wir befinden uns auf geschichtsträchtigem Boden", sagte Monsieur Corman feierlich. „Nicht nur das: Dieses Schloss trotzt seit beinahe tausend Jahren allen Gefahren. Es hat ärgste Bedrohungen so gut wie schadlos überstanden. Erdbeben, Brände, kriegerische Angriffe, Versuche der Verunstaltung durch ignorante Dilettanten – nichts hat dem Schloss wirklich etwas anhaben können. Mit all seinen Türmen und Wehrgängen ist es uns wundersamerweise bis zum heutigen Tage erhalten geblieben. Seit das Schloss im Jahre 1150 erstmals erwähnt wurde, hat es zahllose Berühmtheiten beherbergt: Fürsten, Herzöge, Grafen, Barone, Ritter, Edelleute, große Staatsmänner und Kirchenobere, außerdem Dichter und Schriftsteller, wie zum Beispiel den englischen Dichter Lord Byron, der es durch seine berühmte Dichtung ‚The Prisoner of Chillon', ‚Der Gefangene von Chillon', unsterblich machte. Das Schloss gelangte vor allem wegen seiner strategisch günstigen Lage zu seiner herausragenden Bedeutung. Kann mir einer sagen, worin sie besteht?"

Lousi meldete sich. „Chillon hat als Burggraben einen

ganzen See. Man konnte die Feinde schon von weitem kommen sehen und ihre Schiffe versenken."

„Sehr richtig. Vor allem aber riegelt das Schloss die internationale Verkehrsstraße ab, die Italien über den Großen Sankt Bernhard mit den Ländern diesseits der Alpen verbindet. Früher zogen übrigens viele Pilger auf dieser Straße nach Rom." Er klatschte in die Hände. „Wir begeben uns jetzt hinunter in die Verliese."

„Knast", murmelte René, ein Junge aus einer anderen Klasse.

„Loch, Bau, Kittchen", half ihm Lousi.

„Bösewichte oder auch nur Missliebige gab es zu allen Zeiten in großer Zahl", ließ sich der Direktor wieder vernehmen. Der Gänsemarsch hinter ihm geriet ins Stocken. „Darum gab es im Schloss gleich mehrere Kerker. Sie lagen sowohl im alten Schatzhaus als auch in einem der halbrunden Türme. Hören wir, was uns ein 1791 dort inhaftierter Landvogteiassessor über sein Gefängnis überliefert hat: ‚Man schloss die drei Türen dieser Zelle ab. Das Licht war so spärlich, dass ich kaum das Innere sah. Es war gewölbt und mit Platten ausgelegt. Ein Bett, ein hölzerner Stuhl und ein Nachttopf bildeten die ganze Ausstattung. Ich musste mich zum Lesen auf den Stuhl stellen um das wenige Licht einzufangen, das ein zehn Zoll langes und drei Zoll hohes Guckloch am Rand des Gewölbes einließ.'"

„Was hatte der Assessor denn verbrochen?", erkundigte sich Isabelle.

„Er hatte sich an einem Bankett beteiligt und unter Absingen von Liedern einen Pokal geleert, auf dem die Devise ‚Freiheit – Gleichheit – Brüderlichkeit' eingeprägt war. Das konnte in den Wirren nach der Französischen Revolution dazu führen, dass jemand zu fünfundzwanzig Jahren Kerker verurteilt wurde." Der Direktor ging weiter und die Karawane setzte sich hinter ihm wieder in Bewegung.

Isabelle dachte, so ungefähr müsse es ausgesehen haben, als der Rattenfänger zu Hameln die Kinder aus der Stadt führte. Wenn Hühnerauge jetzt vor ihnen auf eine Falltür träte, würden sie alle brav folgen und jämmerlich umkommen. Mal hören, was Lousi dazu sagt, dachte Isabelle. Sie konnte sie jedoch nirgends entdecken. Da erinnerte sie sich, dass Lousi vorhin mit dem vorlauten René um die Wette andere Begriffe für das Wort Gefängnis gesucht hatte. Da sie auch René nicht sah, vermutete sie die beiden ganz hinten und kümmerte sich nicht weiter um sie.

Für die Rückfahrt war ein Bus bestellt worden. Isabelle stieg ein und wunderte sich, dass sich Lousi noch immer nicht hatte blicken lassen. René saß in der letzten Bank, „auf dem Schleudersitz", wie er in der für ihn typischen Lautstärke verkündete. Merkwürdig, dass Lousi von keinem der Lehrer und auch nicht von Christine vermisst wurde. Die Erwachsenen unterhielten sich angeregt, die Jungs aus der Abschlussklasse lachten und alle Mitschüler waren mit irgendwem im Gespräch – an Lousi dachte ganz offensichtlich niemand. Isabelles innere Stimme drängte sie, sofort zu melden, dass jemand fehle. Doch diesmal gelang es ihr, ihr Gewissen zu beruhigen. War sie denn Lousis Aufpasserin? Gab es nicht ältere Mitschüler, Erzieher, Lehrer und den Herrn Direktor, von Madame Corman ganz zu schweigen? Sonst wurde bei Ausflügen stets durchgezählt. Heute jedoch unterblieb diese Kontrolle.

Ein schöner Tag sei das gewesen, so äußerten sich alle,

nachdem sie das Internat erreicht hatten. Isabelle fand das eigentlich auch. Aber da meldete sich ihre innere Stimme zurück. Nicht gerade anklagend, aber doch deutlich vorwurfsvoll. Isabelle wusch sich die Hände, danach legte sie sich aufs Bett und starrte zur Decke. Immer wieder wanderte ihr Blick zu Lousis Bett. Würde es von heute an leer bleiben? War Lousi auf die Falltür getreten, die es in Chillon vielleicht ja wirklich gab, und in die Tiefe gestürzt?

Ricardo. Ihn musste sie zu Rate ziehen. Sie sprang auf und machte sich auf die Suche nach ihm. Schließlich fand sie ihn im Musikzimmer am Flügel. Mit geschlossenen Augen saß er da. Er griff in die Tasten, als müsse er mit einer starken Gemütsbewegung fertig werden. Isabelle blieb an der Tür stehen. Als er geendet hatte, bemerkte er sie.

„Bist du schon länger hier?"

„Nein. Ich hab nur die letzten Takte mitbekommen. Weißt du, was ich finde? Dass du Konzertpianist werden solltest. Jetzt überrascht es mich kein bisschen mehr, dass dir Monsieur Travée nichts mehr beibringen kann."

Er legte behutsam den Filzschoner über die Tasten. „Ich habe vor Glück gespielt. Meine Mutter hat heute geschrieben. Ich kann's immer noch nicht richtig fassen."

„Ein Wunder ist passiert? Sie wird doch wieder gesund?"

„O Mann, wenn das so wär, hätte mir das Klavier doch nicht genügt! Dann wär ich zur nächsten Kirche gerannt und hätte die Glocken geläutet."

„Ja, aber was hat sie denn dann geschrieben?"

„Du glaubst es nicht: Ihr Mann hat es geschafft, er kann ab Juli in Genf arbeiten. Sie mieten dort ein Haus und ich kann wieder bei meiner Mutter wohnen."

„Das ist ja wirklich ... Ricardo, ich freu mich so für dich! Und deine Mutter freut sich sicher auch wahnsinnig. Freude hilft doch heilen, oder ? Jetzt wird sie bestimmt noch leben, bis du erwachsen bist. Ach, wie freu ich mich!“

„Und ich erst! Ich muss jetzt mal eben mit dem Rad einen steilen Berg hochfahren, sonst platze ich.“

„Ist gut.“

Sie sagte es so, dass er sie fragend anblickte. „Weshalb bist du überhaupt gekommen? Ist was?“

„Schon, aber das kann ich dir auch später noch sagen, wenn du deine Aufregung abgefahren hast.“

„Nun sag schon.“

„Lousi ist in Chillon verloren gegangen, und ich bin ... ich hab nicht Bescheid gesagt, dass sie nicht da war, als wir zurückfuhren. Was soll ich bloß machen?“

„Verloren gegangen? Im Schloss gibt's doch einen Kastellan und Reinigungspersonal und eine Aufsicht. Man wird Lousi hören, wenn sie ruft. Du nimmst doch an, dass sie aus Versehen irgendwo eingeschlossen worden ist?“

„Nein. Ich glaube, sie ist auf eine Falltür getreten und in die Tiefe gestürzt.“

„Wie kannst du dir so einen Stuss einreden! Im Schloss gibt es keine Falltüren. Wenn es im Mittelalter mal welche gegeben hat, dann sind sie längst zugenagelt! Ich glaube eher, die hat sich ein Boot geschnappt und ist losgerudert.“

„Die Barken sind sofort abgeholt worden, nachdem wir alle im Schloss waren. Ich hab Lousi außerdem innen noch ganz lange gesehen.“

„Dann gehen wir jetzt zusammen zu Christine. Die kann sich um Lousi kümmern.“

„Das mach ich allein. Fahr du lieber einen Berg rauf. Ich will nicht, dass du platzt."

„Gefahr gebannt. Hab mich schon abgeregt."

Isabelles Meldung löste eine hektische Reaktion aus. Christine hielt sich nicht mit Vorwürfen auf, die sie sich selbst im Ürigen ja dann auch nicht hätte ersparen dürfen. Sie verständigte sofort Madame Corman, die informierte ihren Bruder, der rief bei der Schlossleitung an, und die benachrichtigte die Polizei. Eine Viertelstunde später saßen die Cormans und Christine im Auto und auch die Polizei war auf dem Weg zum Schloss. Das Schlosspersonal durchsuchte laut rufend die Räume, Monsieur Corman ging den Weg, auf dem er die Schüler geführt hatte, noch einmal ab – aber von Lousi fehlte jede Spur.

Die Einsatzleitung der Polizei ordnete an, dass sämtliche Fenster überprüft wurden.

„Erbarmen!", flüsterte Madame Corman ihrem Bruder zu. „Die Herren denken doch nicht etwa, Louise-Simone sei freiwillig aus dem Leben geschieden? Ins Wasser gesprungen?"

„Bitte, beruhige dich. Derartige rufschädigende Affären hat es in der Geschichte der Stiftung Gustave Vermont noch nie gegeben."

Christine wandte sich an den Einsatzleiter der Polizei: „Mir kommt da gerade ein Gedanke. Kann es sich vielleicht um einen Streich handeln? Wenn nun ein Mitschüler das Mädchen in einem schwer zugänglichen Raum eingesperrt hat?"

„Seien Sie versichert, Mademoiselle, wenn die Kleine im Schloss ist, werden wir sie finden."

Christine wollte jedoch nicht warten. Sie meldete sich bei

den Cormans ab. „Ich erkundige mich beim Personal nach Schlupflöchern für Fledermäuse. Louise-Simone könnte durch ihr Interesse für Naturkunde ...“

„So gehen Sie doch endlich, Christine!“ Madame Corman machte eine Handbewegung, als wolle sie ein Tier verscheuchen. Sie war kurz davor, die Nerven zu verlieren.

Nach einer halben Stunde meldete ein Polizist, die Fenster seien ausnahmslos geschlossen.

Damit schied die beängstigende Möglichkeit aus, Lousi könne sich aus dem Fenster gestürzt haben. Madame Corman drückte erleichtert die Hand ihres Bruders, der wieder einmal Recht gehabt hatte. Kurz darauf kam Christine unverrichteter Dinge zurück.

Der Einsatzleiter forderte Verstärkung an. Nachdem sie eingetroffen war, bat er alle freiwilligen Helfer sich in der Eingangshalle zu versammeln um die Polizeiaktion nicht zu stören. „Wir werden das Gebäude jetzt systematisch vom untersten bis zum obersten Geschoss durchsuchen. Bitte behindern Sie unsere Arbeit nicht durch eigenmächtige Unternehmungen. Wir geben Ihnen Bescheid, sobald es etwas zu melden gibt.“

Die Zeit verrann. Bei jedem Geräusch schreckten die Wartenden auf. Die Untätigkeit setzte ihnen von Minute zu Minute mehr zu. Das Personal wusste von einem über achtzigjährigen vermissten Schlossbesucher zu erzählen, der einen Schwächeanfall erlitten und neben einer Standuhr gelegen habe, und von einem kleinen Jungen, der in eine Ritterrüstung gekrochen und darin eingeschlafen sei.

Der Herr Direktor hüstelte. „Nun, ich denke, für das eine Malheur ist Louise-Simone zu jung, für das andere zu alt.“

Christine glaubte gehört zu haben, die Polizei erwäge den See abzusuchen. Verzweiflung ergriff sie. Warum hatte sie das Fehlen des Mädchens nicht bemerkt? Würde man sie vor Gericht stellen und entlassen? Ihr schauderte bei dem Gedanken.

In dem Moment trat der Einsatzleiter in die Halle und gab Entwarnung. Jubel brach aus unter den Wartenden. Einige schickten ein Stoßgebet zum Himmel, andere applaudierten dem Überbringer der frohen Botschaft, Madame Corman verlor für einen Moment die Fassung und fiel ihrem Bruder um den Hals.

Ein Beamter hatte Lousi in einer der Schlossküchen gefunden. Dort hockte sie neben dem Kamin auf dem Boden und starrte auf den Feuerbock, ein Gestell, in dem Holzscheite gelagert wurden. Es war aus Holz geschnitzt und stellte ein Hutzelmännchen dar, eine dürre Gestalt aus altdeutschen Sagen mit struppigem langem Bart und langen Haaren.

Da saß sie also, die abhanden gekommene Schülerin. Auf Rufe und Ansprache reagierte sie mit keinem Blick und sie gab keinen Ton von sich. Sie war, so schien es, taub und stumm geworden.

Man brachte sie, zwar erleichtert, aber auch besorgt, zu einem Arzt. Dieser beruhigte die Cormans: Es seien keine Verletzungen oder Krankheitszeichen festzustellen. Die Schülerin wolle einfach keine Auskunft über ihr Verhalten geben. Man möge das respektieren und vorläufig nicht in sie dringen. Er sei sicher, dass sie sehr bald von alleine wieder sprechen und hören werde.

Isabelle war so erleichtert Lousi unversehrt wiederzusehen, dass sie ihr entgegenlief, sie unterhakte und aus ehrlichem Herzen sagte: „Schön, dass dir nichts passiert ist. Ich hatte solche Angst, du wärst auf eine Falltür getreten und in ein Verlies gestürzt. Wo warst du bloß? Erzähl mal!"

Doch Lousi hielt die Rolle der Taubstummen eisern durch. Man konnte fast glauben, sie genieße die Aufmerksamkeit, die sie als „Gefangene von Chillon" auf sich gezogen hatte.

Isabelle wird zwölf

Nach dem, was ihr an Lousis Geburtstag widerfahren war, hatte Isabelle keine große Lust im Internat mit den Klassenkameradinnen zu feiern. Als ihr der Großvater schrieb, er werde wie versprochen zu ihrem Ehrentag kommen und sie dürfe das Programm gestalten, fiel ihr ein Stein vom Herzen. Wie hatte Jinxing damals gesagt? „Manche, die Geburtstag haben, fahren mit ihren Verwandten nach Genf und feiern dort. Die sind am besten dran." Zu denen wollte sie gehören, jawohl. Sie setzte sich sofort hin und teilte ihrem Großvater mit, dass sie sich sehr auf ihn freue. Sie wünsche sich, dass er mit ihr nach Genf fahre.

Großvater Finkenwerder traf vormittags während des Unterrichts ein und nahm die Gelegenheit wahr, mit Madame und Monsieur Corman, den wichtigsten Fachlehrern und der Wirtschafterin über seine Enkelin zu sprechen. Von keiner Seite erfuhr er etwas Nachteiliges. Isabelles Leistungen waren zufriedenstellend, in manchen Fächern sogar ausgezeichnet, und ihr Verhalten gab zu keiner Klage Anlass. Madame Wälterli ließ die Blusen-Episode unerwähnt, stattdessen lobte sie

Isabelles Gespür für den richtigen Umgang. Isabelle habe da einen Freund, erzählte sie, der zu den besten Schülern des Internats gehöre. Einen noblen Charakter besitze dieser Junge. Er sei vielseitig begabt, aufmerksam und hilfsbereit. Ihr, Wilma Wälterli, gehe das Herz auf, wenn sie die beiden ebenso hübschen wie sympathischen Kinder zusammen sehe.

Herr Finkenwerder setzte alles daran, den Wunderknaben kennen zu lernen. Er wollte ihn einladen mit nach Genf zu fahren. Leider hatte Ricardo jedoch schon etwas anderes vor.

Isabelle fiel dem Großvater um den Hals. Er konnte ihr kaum gratulieren, so aufgeregt redete sie auf ihn ein. „Dass du gekommen bist, ist mein schönstes Geschenk! Lass uns gleich losfahren, Opa, ich kann's gar nicht erwarten, mit dir nach Genf zu fahren."

„Erlaubst du, dass ich vorher noch meinen Glückwunsch anbringe?"

„Ach so, ja."

„Ich gratuliere dir herzlich, mein liebes Mädchen, und wünsche dir ..." Der Großvater begann zu singen: „Viel Glück und viel Segen auf all deinen Wegen, Gesundheit und Frohsinn sei'n auch mit dabei."

„Danke für das Ständchen, Opa. Du, stell dir vor, nach dem Frühstück hat mir Ricardo ein spanisches Geburtstagslied gespielt. Auf dem Flügel, weißt du?"

Der Großvater verriet nicht, dass er von Madame Wälterli bereits informiert war, und tat ahnungslos. „Wer ist Ricardo?"

„Das ist mein Freund. Er darf nie was Schlimmes tun. Seine Mutter ist nämlich sehr krank. Immer hilft er einem oder erfindet was Tolles. Weil nämlich seine Mutter sehr krank ist. Opa? Dich und Mama und Papa und Ricardo hab ich am liebsten auf der ganzen Welt. Ricardo hat mir heut früh seine Südseemuschel geschenkt. Die war sein Talisman, weil er sie zusammen mit seiner Mutter am Strand gefunden hat. Jetzt hat er sie mir gegeben. Ist das nicht einmalig lieb?"

„Einmalig lieb, ja." Sie stiegen ins Auto. Der Großvater zögerte mit der Abfahrt. „Sollten wir nicht das Mädchen einladen, das mit dir im Zimmer wohnt? Louise-Simone heißt sie, wenn ich Madame Corman vorhin richtig verstanden habe."

„Lousi hat mich auch nicht zu ihrer Fete eingeladen!"

„Warum durftest du denn nicht mit ihr feiern?"

„Ach Opa, wenn ich's erzählte, würde ich petzen. Also fragst du besser gar nicht."

„Isabelle, ich bin den weiten Weg nicht nur gekommen um dir zu gratulieren. Ich möchte auch wissen, wie es meiner einzigen Enkelin inzwischen ergangen ist. Wenn du mir auf meine Fragen antwortest, ist das kein Petzen."

„Ehrlich?"

„Ehrlich."

Als sie nach einer halben Stunde in Genf ankamen, kannte Großvater Finkenwerder die ganze Geschichte. „Was du mir da erzählt hast, Isabelle, muss sich bei mir erst setzen. Ich schlage vor, wir erledigen in Ruhe Punkt eins auf deiner Wunschliste und kleiden dich neu ein. Danach suchst du uns ein Restaurant oder Eiscafé aus. Und wenn wir einen gemütlichen Platz gefunden haben, sprechen wir über dich und Louise-Simone."

Der Einkaufsbummel war schön, aber auch anstrengend. Schließlich strebten beide erschöpft auf ein Café zu. Dort fanden sie in einer Nische einen Zweiertisch, an dem es sich ungestört plaudern ließ, und bestellten etwas zu trinken.

„Veilchenauge", begann der Großvater, „ich habe vorhin mit einigen Leuten über dich gesprochen. Zwei von ihnen haben dich als aufmerksam und feinfühlig bezeichnet. Das bist du ja auch. Umso mehr überrascht es mich, dass du etwas nicht bemerkt hast, das dir die ganze Zeit über ganz nah war."

„Was denn?"

„Louise-Simone."

„Und ob ich die bemerkt habe!"

„Du hättest dich fragen müssen, warum sie diese seltsamen Dinge tut."

„Das hab ich. Sie tut sie aus Gemeinheit."

„Und warum wird ein Kind gemein?"

„Weil es neidisch ist."

„Nur halb richtig. Louise-Simone fühlt sich von ihren Eltern nicht genug geliebt, sondern wie Aschenputtel behandelt. Das hast du mir selbst vorhin erzählt. Als du mit deinen schönen Kleidern einzogst, hoffte sie, du würdest den Inhalt deines Schrankes mit ihr teilen."

„Opa, sie wollte mit mir tauschen. Aber ich zieh doch solche Vogelscheuchensachen nicht an!"

„Siehst du? Dass wir uns recht verstehen: Niemand kann von dir verlangen, dass du einem anderen Mädchen erlaubst deine Kleider zu tragen. Und schon gar nicht darf einer erwarten, dass du etwas verschenkst, an dem du hängst. Doch vielleicht versetzt du dich mal einen Augenblick lang in Louise-Simones Lage: Sie fällt nicht durch eigene Schuld oder eigenes Versagen unangenehm auf, sondern weil ihr die Eltern etwas aufzwingen. Das empfindet sie als gemein und ungerecht."

„Ist es auch."

„Aha. Nun ist Louise-Simone aber keine Heilige, die Unrecht klaglos erduldet. Sie tut, was du an ihrer Stelle auch tun würdest: Sie wehrt sich."

„Aber ausgerechnet bei mir, Opa! Und ich kann doch nichts dafür."

„Bei wem denn sonst, Kindchen? Ihre Eltern sind weit weg und Madame Corman dürfte kaum die richtige Adresse sein. Du tust mir herzlich Leid, Isabelle, und ich hätte dir deine Schwierigkeiten gerne erspart. Aber wir sind nun einmal nicht allein auf dieser Welt. Unser Leben lang haben wir uns auf andere Menschen einzustellen."

„Ricardo sagt, es gibt Zeiten, in denen man die eigenen Wünsche in einen Kasten sperren muss, weil einen irgendjemand vorübergehend dringend braucht."

„Das hat dein Freund sehr schön gesagt. Er muss ein kluger Mensch sein. Ich hätte ihn gern kennen gelernt. Aber mit seinem Namen lieferst du das nächste Stichwort. Louise-Simone hatte alle Hoffnung auf dich gesetzt. Nicht nur auf deine Kleider. Sie brauchte jemanden, der sie mag, mit dem sie lachen kann, der für sie da ist, wenn sie jemanden braucht. Stattdessen musste sie zusehen, wie du dich von ihr abwandtest ..."

„Was hat sie mir aber auch alles angetan!"

„Natürlich, mein Mädchen! Das bestreitet niemand. Aber alles, was sie veranstaltet hat, von den Streichen angefangen bis hin zu ihrem Verschwinden und dem angeblichen Verlust von Sprache und Gehör, waren Hilfeschreie. Hilfeschreie eines Kindes, das mit seiner Situation nicht mehr fertig wird."

„Was hätte ich denn tun sollen?"

„Ich mache dir ja gar keinen Vorwurf. Du hast sie nicht verraten, damit hast du mehr für sie getan als die meisten anderen Kinder. Aber du hast mit deinem großartigen Freund reden und Spaß machen dürfen, während Louise-Simone bei ihren Käfern hockte."

„Du meinst, ich soll ihr erlauben, meine Klamotten, auch die neuen da, anzuziehen?" Sie zeigte auf die Tüten mit den eben erworbenen neuen Kleidern.

„Das habe ich nicht gesagt. Ich würde es niemals von dir verlangen, vielleicht nicht einmal empfehlen."

„Was denn dann?"

„Du musst mit ihr sprechen. Gib ihr das Gefühl, dass du ihre Leistung, zum Beispiel in Biologie, bewunderst. Du sagst doch, dass sie darin unschlagbar ist. Frag sie um Rat. Wenn sie merkt, dass du sie brauchst und ihre Freundschaft suchst, wird sie keine Lust mehr haben gemein zu dir zu sein."

„Da kennst du Lousi aber schlecht!"

„Ich kenne sie überhaupt nicht, mein Mädchen. Aber gönn doch einem alten Krimispezialisten den Triumph ihr trotzdem auf die Schliche gekommen zu sein."

„Mal sehen. – Und was machen wir nun?"

„Wer Geburtstag hat, darf bestimmen."

„Weißt du, ich würde schon gern ins Kino gehn. Aber das kann ich schließlich auch in Villeneuve. Lieber möchte ich mich mit dir unterhalten."

„Dann bringen wir die Tüten ins Auto, kaufen Proviant und veranstalten im nächsten Park ein Picknick."

„Das ist klasse!"

Unterwegs erkundigte sich der Großvater, was Isabelle von den Eltern zum Geburtstag bekommen habe.

„Einen ganz langen Brief von Mama, einen etwas kürzeren von Papa und außerdem Geld für ein Fahrrad. Ich hab ihnen geschrieben, dass ich um's Haar eine Strafe bekommen hätte, weil ich bei Ricardo auf dem Gepäckträger gesessen hab. Aber dann hat der Polizist doch noch mal ein Auge zugedrückt."

„Ein braver Mann. – Wann willst du das Rad kaufen?"

„Sobald Ricardo Zeit hat mit mir zum Händler zu fahren."

„Wie wär's, wenn ich morgen noch einmal zum Internat komme und wir zwei das erledigen? Ich fliege erst morgen Abend zurück."

„Das fänd ich toll, Opa! Ricardo hat viel zu tun. Für sich selbst sowieso, aber dann ist er auch noch Schülersprecher. Ich stör ihn schon oft genug. – Du, Opa, was macht eigentlich Doktor Watson, wenn du über Nacht nicht auf dem Hausboot bist?"

„Die Putzfrau bleibt bei ihm, bis ich zurückkomme."

„Dann ist es gut. Wenn Doktor Watson mit sich allein Gassi gehen könnte, wär es noch besser. Frau Spallek gibt ihm nur wieder hart gekochte Eier und Bier."

„Das hat sie wirklich nur einmal gemacht, als sie neu bei uns war. Inzwischen weiß sie, was sie sich einhandelt, wenn sie unseren Doktor so mästet wie ihren Mann."

„Willst du auch wissen, was ich von den grands-parents Santer bekommen hab?"

„Wo stecken sie denn augenblicklich?"

„In Island an der Botschaft von ... na, du weißt schon: Reyk-irgendwas."

„Reykjavik. Südlich vom Polarkreis, zwischen Grönland und Schottland gelegen. Wenn deine Eltern dort das Klima erforschen würden, könnten wir sie in den Sommerferien besuchen."

„Bei dir auf dem Hausboot vermisse ich sie gar nicht so sehr. Bloß im Internat bohren mir die Gedanken an Mama und Papa manchmal richtige Löcher ins Herz. Jedenfalls, Oma und Opa Santer haben mir ein Jahres-Abonnement für eine Jugendzeitschrift geschenkt. Die erscheint jede Woche. Man erfährt was über Politik und Kunst und auch über Popstars und Sport und so."

„Das ist wirklich sinnvoll. Warum bin ich nicht auf die Idee gekommen?"

„Aber Opa! Du schenkst mir doch die tollen neuen Sachen zum Anziehen! Und außerdem freu ich mich wahnsinnig, dass du hier bist."

„Dann bin ich ja beruhigt."

Sie kauften Obst, Getränke und belegte Brötchen und veranstalteten auf einer Bank ihr Picknick.

„Die Bank hat meine Lieblingsschnörkelbeine. Solche gibt es in Frankfurt auch. Weißt du noch, als wir auf so einer gesessen haben? Unter einer Trauerweide, glaube ich. Da kam das freche Eichhörnchen und hat mir den Nussriegel aus der Hand stibitzt. Weißt du noch?"

„Gewiss, mein Kind, es war an dem Tag, an dem du uns Schnitzel mit Gummibärchen serviert hast."

„Genau. – Opa, das ist ein schöner Geburtstag." Isabelle strahlte. „Madame Wälterli würde uns loben, wenn sie uns sähe. Sie mag es nicht, wenn man sich auf die Erde setzt. Überall lauern angeblich Insekten, die einen totstechen wollen, und Wundstarrkrampfbakterien."

„Ich gebe dir nachher ein Buch mit einer Widmung für sie. Ich hätte es ihr zwar heute früh persönlich überreichen können, aber ich wollte ihre aufrichtige Meinung über dich hören. Ein Geschenk hätte sich womöglich auf die Sachlichkeit ausgewirkt."

„Das Buch hat sie verdient. Sie ist nämlich auch ohne Geschenk immer sehr freundlich zu mir.“

„Das habe ich nicht anders erwartet.“

„Opa, sieh mal.“ Isabelle wies auf einen ärmlich gekleideten alten Mann mit Rucksack, der einen Abfalleimer durchwühlte. „Darf ich ihm was schenken?“

„Was für eine Frage!“

Sie sprang auf und bot dem Obdachlosen an sich an ihrem Picknick zu beteiligen. Der Mann kam auch gleich herbei, verbeugte sich vor Großvater Finkenwerder und nahm ein Lachsbrötchen und eine Banane. Dann bedankte er sich und wollte gehen. Isabelle zeigte auf die Bank. „Sie können noch mehr nehmen! Großvater und ich sind schon satt.“

Der alte Mann schüttelte jedoch den Kopf und schlurfte davon.

„Es freut mich, dass du ein gutes Herz hast“, sagte Herr Finkenwerder. „Um an diesem armen Kerl ein gutes Werk zu tun, bedurfte es freilich nicht viel, weil er es dir nicht schwer machte. Viel schwieriger ist es, jemandem ein freundliches Wort zu schenken, der die allerbesten Absichten immer wieder durchkreuzt, weil er sich allein gelassen fühlt.“

„Du meinst Lousi.“

Der Großvater nickte.

Der Vetter aus Dingsda

Isabelle war noch nicht lange mit ihrem Großvater unterwegs, als es an Lousis Tür klopfte. Auf ihr „Herein!“ trat ein junger Mann ins Zimmer. Er war hochgewachsen, hatte eine sportliche Figur und sah so aus wie der Hauptdarsteller in einem romantischen Liebesfilm.

„Luc Santer. Hallo! Ich wollte zu Isabelle.“

„Hallo. Isabelle ist nicht da. Die hat Geburtstag.“

„Ich weiß. Darum bin ich gekommen. Wo ist sie denn?“

„Keine Ahnung.“ Lousi hätte sich ohrfeigen mögen, dass sie die Rolle der Taubstummen nicht sofort wieder aufgenommen hatte, als sie diesen Traummann an der Tür stehen sah. Es gab ihn also wirklich, diesen gut aussehenden Geistesriesen! Vielleicht war Isabelle absichtlich weggefahren, damit es zu dieser peinlichen Begegnung käme. Was sollte sie jetzt zu ihrer Rechtfertigung vorbringen? Ihre Verteidigung stand auf tönernen Füßen: Jede noch so glaubwürdige Lüge über Isabelle würde dieser gewiefte Schönling mit Sicherheit aufdecken.

Lousi blätterte angestrengt in einer Jugendzeitschrift. Wenn Luc nur ein bisschen Anstand besaß, musste er das als Aufforderung verstehen sich zu trollen. Aber weit gefehlt.

„Nun bin ich einmal hier“, sagte er. „Was hältst du davon, wenn wir durch den Park spazieren und uns ein bisschen unterhalten? Von Paris bis zum Genfer See sitzt man lange genug im Zug.“

„Keine Zeit."

„Ballettunterricht? Reitstunden?"

Statt zu antworten zog sie ein Pah-Gesicht.

„Na los, komm. Eine halbe Stunde wirst du doch übrig haben."

„Nein, verflixt noch mal!"

„Mir einen Korb zu geben wäre dumm von dir. Und bis jetzt halte ich dich noch für eine mit Grütze im Kopf. Ich gebe dir die einmalige Chance das Bild zurechtzurücken, das ich von dir habe."

„Mir doch egal!"

„Das kann dir nicht egal sein. Auch bei dir zu Hause in Réunion kennt man bestimmt das Sprichwort ‚Blut ist dicker als Himbeersaft'. Das bedeutet: Meine Cousine kann auf mich zählen, wenn ihr jemand das Leben schwer macht. Ein kleines Gespräch mit den Cormans würde schon einiges bringen. Glaubst du nicht? Aber möglich, dass du mir alles erklären kannst und sich eine Unterhaltung mit den Cormans erübrigt."

Ganz langsam und mürrisch stand Lousi auf und ging zur Tür.

„Na, wer sagt's denn?"

Auf der Treppe begegneten sie Carlotta und Meryl. Die staunten nicht schlecht, als sie Lousi in Begleitung eines derart gut aussehenden jungen Mannes sahen. Und ob sie wollte oder nicht: Lousi fühlte sich augenblicklich emporgehoben. Es machte größer, um etwas beneidet zu werden. Sie würde im Park schaulaufen, jawohl! Sollten nur alle gaffen! Und mit dem charmetriefenden Sprüchemacher würde sie schon irgendwie klarkommen.

„Isabelle fühlt sich von dir angegriffen. Täuscht sie sich da?“

„Ich wehr mich nur.“

„Bist du sicher? Könnte es nicht sein, dass du ihr zuerst gemeine Streiche gespielt hast? Ich sage nur: Bluse.“

„Die Reinigung bezahl ich ja.“

„Die Macken bleiben aber. Wie würde dir das gefallen, wenn Isabelle so etwas mit deinen Sachen machen würde?“

„Soll sie doch. Von mir aus.“

„Weißt du, ich mag meine kleine Cousine. Und ich würde gern von dir erfahren, was sie tun kann, damit du ihr von heute ab keinen mehr drehst. Ich find’s richtig gut, dass du und ich darüber reden können.“

„Wie kommen Sie darauf, dass ich mit Ihnen reden will?“

„Mach halb lang, Kratzbürste! Das mit dem Grips hatten wir doch nun schon abgehakt. Im übrigen darfst du mich duzen.“ Er reichte ihr die Hand. „Für dich ab sofort Luc.“

Sie schlug ein. „Louise-Simone“, sagte sie etwas unsicher. Per Du sein mit einem Typen wie ihm, also wirklich, das hatte schon was. Besonders, wenn die halbe Klasse ihnen hinterherglotzte.

Am Ende des Rosengartens lief ihnen Ricardo über den Weg. „Luc!“, rief er. „Nett, dass du dich zu Isabelles Geburtstag sehen lässt. Nur ... sie ist mit Großvater Finkenwerder nach Genf gefahren. Warum hast du dich nicht angemeldet?“

„Ich wollte sie überraschen.“

„Du kannst hoffentlich länger bleiben? Sie würde sonst arg enttäuscht sein, wenn sie dich verpasst hätte.“

„Nein, ich muss in einer halben Stunde wieder weg. Es geht um meine Erfindungen – du weißt schon. Das Internat war nur ein Abstecher. Ich wollte Isabelle gern Glück wünschen und mal sehen, ob ich ihr auf die schnelle Tour irgendwie helfen kann."

„Da wird sie aber traurig sein, dass du so schnell wieder fortmusstest."

„Traurig, sagst du? An ihrem Geburtstag? Das will ich nicht. Ricardo, alter Freund, würdest du mir einen Gefallen tun?"

„Jeden."

„Dann sag ihr nicht, dass ich hier war. Ich hab dein Wort?"

„Das hast du. Hasta la vista."

„Hasta la vista, Ricardo."

Luc sah ihm versonnen nach. „Ich mag ihn", sagte er. „Als er vor zwei Jahren herkam, wurde er sofort zum Schülersprecher gewählt. Ich hab in der Oberstufe denselben Job gemacht. Isabelle hält ebenso viel von ihm wie ich."

„Darum braucht sie trotzdem nicht dauernd mit ihm rumzuhängen. Ich bin schließlich auch noch da."

„Na ja, wenn man die Wahl hat zwischen jemandem, der boshaft ist, und jemandem, der nett ist, wessen Gesellschaft sucht man dann wohl?"

Lousi setzte ihr bockiges Gesicht auf. „Sie sagt zu mir ja auch gemeine Sachen. Dass ich mies bin und dass mich meine Eltern wegholen sollen. Und sie hetzt Madame Wälterli gegen mich auf. Überhaupt schleimt sie sich überall ein. Bei Schroeder ... äh Ricardo ..."

„Was muss sie denn deiner Meinung nach tun, damit du nicht länger versuchst sie rauszuekeln?"

„Ist mir egal."

„Du bist wirklich ein harter Brocken, Donner und Wetter!

Komm, wir spielen eine Runde Minigolf, dabei überlegst du dir die Antwort."

„Ich denk, du musst fort?"

„Sobald ich deine Antwort hab, bist du mich los."

„Ich hasse Minigolf."

„Ich liebe es. Also, was ist? Spielen wir?"

„Woher soll ich wissen, was du machst? Ich spiele nicht."

Da kam Madame Allégret des Weges. Lousi grüßte freundlich.

„Du hast Besuch?", fragte die Seniorin. „Möchtest du uns nicht bekannt machen?"

Lousi hatte Mühe ihren Ärger zu verbergen. „Das ist Luc Santer. Er wollte Isabelle gratulieren." Zu Luc gewandt sagte sie: „Madame Allégret aus dem Seniorenstift."

„Sind Sie Isabelles Bruder?"

„Ich bin ihr Cousin, Madame."

„Der Vetter aus Dingsda", scherzte sie. „Sie haben das Geburtstagskind nicht angetroffen und laufen ziellos durch den Park? Bitte kommen Sie doch mit in meine Wohnung. Du auch, Louise-Simone. Ich habe frisches Gebäck besorgt, Eclairs von Konditor Muller. Darf ich bitten?" Die energische Dame eilte voraus. Sie duldete keinen Widerspruch.

Die beiden folgten ungern. Lousi fürchtete, Luc würde ihre Streiche zur Sprache bringen. Und er bedauerte die verlorene Zeit, in der er sich „gepflegt" unterhalten musste und mit Lousi keinen Schritt vorankam.

Lousi griff nach dem ersten Eclair, als Madames Telefon läutete. Die Seniorin führte ein kurzes Gespräch, dann entschuldigte sie sich. Eine Mitbewohnerin bitte sie um Rat bei der Wahl neuer Garderobe aus der Kollektion, die gerade von einem Salon angeliefert worden sei. Mehr als eine Viertelstunde nehme dieser Freundschaftsdienst jedoch nicht in Anspruch. Die jungen Leute möchten sich inzwischen mit Tee und Gebäck bedienen.

Ein aufmerksamer Beobachter hätte den Besuchern die stille Freude angesehen, die Madame Allégrets Ankündigung auslöste.

„Na, das ist ja wie im Märchen“, sagte Luc grinsend, „als das Wünschen noch geholfen hat. Ich wünsche mir, mit Louise-Simone allein zu sein, und im Nu erfüllt es sich. Setzen wir unsern Smalltalk fort, bevor die Dame zurückkommt. Also: Womit kann Isabelle dich versöhnen?“

„Irgendwas stimmt nicht mit dir. Schroeder soll Isabelle nicht sagen, dass du hier warst. Aber was würde dir meine Antwort eigentlich nützen, wenn Isabelle sie gar nicht erfährt?“

„Schon mal was von Telefon gehört? Ich könnte ihr doch schreiben, ich hätte angerufen um ihr zu gratulieren. Da wär ich drauf gekommen, statt mit ihr mit dir zu reden.“

„Stimmt.“

„Du hast schöne Augen. Hat dir das schon mal jemand gesagt?“

Lousi wurde rot. Auf Vorwürfe war sie besser vorbereitet als auf die Komplimente eines Charmeurs von der Art eines Luc Santer.

„Schöne ... ich? Nein, das hat noch keiner gesagt“, stotterte sie.

„Die Uhr läuft. Gleich ist Madame zurück. Also: Was muss Isabelle ab sofort tun?“

„Mit mir zu den Dalmatinerjungen gehen ...“

„Welche Dalmatinerjungen?“

„Schroeders Klavierprofessor in Villeneuve hat eine Hündin, die hat Junge bekommen.“

„Tatsächlich? Der Klavierprofessor? Was du nicht sagst.“

Lousi sah ihren Begleiter unsicher an. Was war denn daran so seltsam, dass eine Dalmatinerhündin Junge warf? „Na ja, und dann soll sie mit mir zusammen sein und nicht mit Schroeder. Und sie soll mich mitnehmen zum Eisessen und wenn sie sonst was Tolles erlebt.“

„Mal angenommen, sie macht das. Was versprichst du dafür?“

„Na, was du verlangt hast: dass ich ihr keinen mehr drehe.“

„Das ist ein Wort.“ Er stand auf. „Ich kann unmöglich länger warten. Bitte entschuldige mich bei Madame.“ Er reichte ihr die Hand. „Louise-Simone, es war mir ein Vergnügen, dich kennen zu lernen. Vielleicht sehen wir uns mal wieder. Denk an das, was wir abgemacht haben. Ich werde Isabelle demnächst schreiben.“

Lousi blieb mit zwiespältigen Gefühlen auf Madame Allégrets Sofa zurück. Einerseits war sie durch die knappe Stunde mit Luc und das erste Kompliment, seit sie zurückdenken konnte, herausgehoben aus der grauen Masse. Das Herz schlug jetzt noch bis zum Halse. Andererseits hatte Lucs Besuch eigentlich nicht ihr, sondern Isabelle gegolten. Ihr wollte er beistehen. Immer nur ihr, ihr, ihr! Und sie, Louise-Simone, hatte sich überfahren lassen. Wahrscheinlich würde sie ihr Versprechen sehr bald bereuen. Aber immerhin, so dachte das kleine Teufelchen in ihr, hatte Luc keinen Beweis für ihre Zusicherung. Aber da fiel ihr das kleine Diktiergerät ein. Wenn schon sie sich technischer Hilfsmittel bediente, warum sollte dann ein Olympiageist wie Luc Santer nicht mit noch besseren Methoden arbeiten? Nein, es wäre bestimmt nicht ratsam, ihn für dumm zu verkaufen.

Nachdem sie Luc bei Madame Allégret entschuldigt hatte, die inzwischen wieder zurückgekehrt war, verabschiedete sie sich unter dem Vorwand für Biologie lernen zu müssen.

„Der Fleiß verjagt, was Faule plagt. Geh nur, Louise-Simone."

Das tat sie unverzüglich. Sie erbat sich von anderen Mädchen Wollfäden, bis sie alle Regenbogenfarben beisammen hatte. Damit ging sie in ihr Zimmer und ordnete das Garn. Zuerst kam der rote Faden, dann der orange, gelbe, grüne, blaue und schließlich der violette. Daraus flocht sie ein Freundschaftsband, das farblich genau zu Isabelles Haarreifen passte.

Ricardo hatte aus sicherer Entfernung die Begegnung der beiden mit der Seniorin beobachtet. Er sah, dass sie zu dritt im Stift verschwanden, und wurde unruhig. Allzu viel Zeit hatte er nicht. Hoffentlich dauerte der Besuch nicht lange.

Ein schmächtiger Junge kam angelaufen und beschwerte sich über die ungerechte Behandlung durch den Sportlehrer. Dauernd müsse er die Matten wegräumen, klagte er. Ricardo tröstete ihn und versprach Abhilfe. Dann ging er zweimal bis zum Torbogen und wieder zurück. Ungeduldig trat er von einem Bein aufs andere, und endlich kam er, der begabte Schauspielschüler Jean-Claude, jüngster Sohn eines gewissen Klavierprofessors aus Villeneuve.

„Wie ist es gelaufen?", fragte Ricardo gespannt.

Jean-Claude, der nun nicht länger auf den Namen Luc zu hören brauchte, lachte. „Deine Freundin Isabelle heißt nicht zufällig Münchhausen statt Santer mit Nachnamen? Sie hat

Louise-Simone erzählt, mein Vater besitze eine Dalmatinerhündin und die habe gerade Junge. Das nenn ich eine geborene Märchenerzählerin!"

„Davon weiß ich zwar nichts, aber es wird schon stimmen."

„Nein, das tut es eben nicht. Mein Vater ist allergisch gegen Hunde- und Katzenhaare."

„Ach, ich meine, es wird schon stimmen, dass Isabelle ihr das aufgetischt hat. Sie wusste sich einfach keinen Rat mehr."

„Tatsache, dass Louise-Simone die Härte ist. Eine Herausforderung sogar für Leute wie mich. Kratzbürstig nanntest du sie? Das war gewaltig untertrieben, mein Freund. Sie ist alles auf einmal: aufmüpfig, dickköpfig, eigensinnig, stur, trotzig und besitzt noch ein Dutzend ähnlich netter Eigenschaften."

„Du hast sie trotzdem geschafft."

„Richtig. Das war ja auch mein Job." Er griff in seine Jacke und reichte Ricardo ein Diktafon.

„Okay. Was kann ich Isabelle morgen sagen?"

„Am besten gar nichts."

„Waaas?"

„Am besten nichts", wiederholte Jean-Claude. „Warum musst du ihr von unserem Geschäft überhaupt was erzählen? Die Kratzbürste weiß jedenfalls nun, was die Glocke geschlagen hat. Warte doch einfach ab, ob sie guten Willen zeigt. Du kannst deiner Freundin höchstens raten sich ein bisschen mehr um Louise-Simone zu kümmern. Hör dir unser Gespräch an und dann tu, was du für richtig hältst."

„Okay, mach ich. Bis dann, Jean-Claude."

Als Isabelle kurz vor neun Uhr ins Zimmer trat, lag auf ihrem Bett ein Freundschaftsband.

„Von mir", sagte Lousi und wartete gespannt auf Isabelles Reaktion.

„Danke. Das find ich riesig nett von dir. Genau wie mein Haarreifen in den Regenbogenfarben. Wenn du möchtest, leihe ich dir das Freundschaftsband jeden zweiten Tag." Isabelle streckte die Hand aus und lachte. Lousi schlug ein und lachte mit.

Doch schon wenige Minuten später war es mit dem Frieden vorbei.

„Du hast mir meine Zeitschrift verdorben! Sie war ein Geschenk von meinen Großeltern. Ich hatte sie noch gar nicht gelesen. Jetzt ist überall was rausgeschnitten und die Rätsel sind alle ausgefüllt. Das ist nicht fair, Lousi, das ist so was von gemein!"

„Ich hab's gewusst", entgegnete Lousi böse. „Du willst alles für dich haben. Andere können verhungern und verdursten. Pfui Teufel!"

„So. Du wärst also verhungert, wenn du mir das Heft nicht zerschnippelt hättest? Und verdurstet, wenn du die Rätsel nicht ausgefüllt hättest? Du bist eifersüchtig und neidisch und gemein, sonst nichts. Und ich muss mir noch sehr überlegen, ob ich dein Freundschaftsband morgen trage."

„Morgen bin ich mit dem Tragen dran. Du hast gesagt, dass du es mir jeden zweiten Tag leihst. Heute ist der erste Tag."

Christine trat ein. „Bettzeit, ihr beiden. Isabelle, hattest du einen schönen Geburtstag?"

„Danke, Christine, einen supertollen, wunderbaren, herrlichen. Ich erzähle dir morgen, wie toll es war mit Opa."

„Gut. Schlaft schön."

Als Christine die Tür hinter sich geschlossen hatte, fragte

Lousi: „Warum gibst du eigentlich immer so an? Als ob bei dir immer alles wunderherrlich wär!"

„Wenn es doch aber so ist? Ob ich mit Opa wegfahre oder mit Ricardo zusammen bin, es ist nichts anderes als wunderherrlich. Wir waren schick essen und Kleider kaufen und haben im Park gepicknickt und ganz viel gelacht."

„Hör auf! Ich will schlafen!"

Das grünblaue Fahrrad

Großvater Finkenwerder traf am nächsten Tag pünktlich nach Unterrichtsschluss mit seinem Mietwagen ein. Isabelle wartete schon an der Straße. „Hallo, Opa. Deins war das zwölfte silberne Auto, das vorbeifuhr, seit ich hier stehe. Ist das nicht lustig, wo ich doch gestern zwölf geworden bin?"

„Zufall, Isabell, nichts als Zufall. Lass dich erst einmal begrüßen. Wie schläft es sich denn mit zwölf?"

„Schlechter als mit elf. Jedenfalls in der ersten Nacht."

„Hat deine Bettnachbarin wieder einen Vogel schreien lassen?"

„Nein, sie hat mir die Zeitschrift, du weißt schon, das Geschenk von den Großeltern aus Reykjavik, ausgerätselt und zerschnippelt. Und als ich mich beschwert hab, hat sie gesagt, ich wollte immer alles nur für mich. Deshalb konnte ich nicht einschlafen. Denn ich hatte mir ja gestern ganz fest vorgenommen mehr mit ihr zu sprechen und zu unternehmen und so. Aber das hat sie sich nun versiebt."

„Das war eben noch die alte Louise-Simone. Als sie sich dein Geschenk vornahm, wusste sie noch nichts von deinen guten Vorsätzen."

„Opa, bei Lousi, also bei der liegst du ganz falsch."

Sie fuhren zu einem Fahrradhändler, den Ricardo empfohlen hatte, weil dem Geschäft eine Werkstatt angeschlossen war, in der Reparaturen durchgeführt werden konnten.

Isabelle hatte sich in den Kopf gesetzt ein grünblaues Rad mit türkisfarbenem Sattel zu kaufen. „Ricardo hat so eins und es fährt sich ganz toll."

„Aber das rote hier hat noch mehr Gänge und stabilere Pedale", gab der Großvater zu bedenken.

„Schon. Aber es guckt mich nicht so freundlich an wie das grünblaue."

Großvater Finkenwerder bemühte sich ernst zu bleiben. „Ich verspreche dir", sagte er, „eines Tages schreibe ich ein Buch mit dem Titel ‚Die schlagenden Argumente meiner Enkelin Isabelle'."

„Das ist viel zu lang. Schreib einfach ‚Isabelles Gründe'. – Was meinst du, Opa, sollen wir uns sofort entscheiden? Oder sieht es erwachsener aus, wenn ich nur so zum Schein erst mal alle Fahrräder der Reihe nach ausprobiere?"

„Du denkst an Tante Eliette, die fünfzig Paar Schuhe anzieht um die Verkäuferin auf Trab zu bringen. Erinnere dich an den Vers in deinem Bärenbuch: ‚Siehst du bei andern dumme Sachen, brauchst du sie nicht gleich nachzumachen.'"

„Ist gut, Opa. – Monsieur, wir haben gewählt." Dem Großvater flüsterte sie zu: „Das sagt Tante Eliette auch immer. – Wir nehmen das grünblaue Rad. Sie brauchen es nicht zu verpacken. Ich fahre gleich damit los."

Der Händler amüsierte sich über das temperamentvolle Mädchen. Er zwinkerte dem Großvater zu: „Mit so einem Quecksilber an der Seite kriegt der langweiligste Ruhestand Pep, wie?“

„Ruhestand? Ich bin noch mitten im Schaffensprozess, und daran dürfte sich angesichts der Auftragslage wohl auch im nächsten Jahrzehnt nichts ändern.“ Dazu machte er ein pfiffiges Gesicht, das er stets aufsetzte, wenn er sicher war andere verblüfft zu haben.

Der Händler ging denn auch nachdenklich zur Kasse. Seine Kundschaft folgte ihm.

„Zu dem Schloss gibt es zwei Schlüssel?“, fragte Isabelle.

„So ist es. Einen zum Verlieren, einen als Ersatz.“

„Den Ersatzschlüssel wird mir Lousi sowieso klauen und irgendwo verstecken. Eigentlich brauchte ich nur einen.“

„Lousi ist dein junges Hündchen?“

„Oh, das wär schön! Leider ist Lousi eine Katze, die alles bekritzelt und zerschnippelt.“

Der Verkäufer beschloss sich aufs Kassieren zu beschränken. Bei diesen beiden traf man anscheinend grundsätzlich daneben.

Nachdem sie den Laden verlassen hatten, machte sich Großvater Finkenwerder gleich auf die Suche nach einer geeigneten Kulisse. Dann fotografierte er Isabelle mit dem neuen Fahrrad in malerischen Gassen, vor blühenden Sträuchern und altem Gemäuer.

„Die Fotos schicke ich deinen Eltern, damit sie sehen, dass du das Geld für das verwendet hast, für das sie es gedacht hatten.“

„Das ist gut, Opa. Soll ich dir mal was sagen?“

„Sag mir mal was.“

„Ich hab Mama und Papa gestern nur frühmorgens und vorm Schlafengehen vermisst. In der Schule, trotz Mathe, und nachmittags bei dir haben sie mir nicht gefehlt.“

„Das freut mich natürlich. Aber wenn ich es deinen Eltern schreiben würde, würden sie vermutlich traurig werden.“

„Macht nichts. Dann kommen sie vielleicht früher zurück, weil sie denken, wenn sie noch länger am Nordpol forschen, würde ich mir meine Eltern ganz abgewöhnen.“

„Na, die Gefahr besteht doch wohl vorerst nicht“, sagte der Großvater schmunzelnd.

„Geld und Briefe sind nicht alles“, bemerkte Isabelle.

„Lass mich raten: Der Satz stammt von Madame Wälterli.“

„Nein, ganz allein von mir. Findest du ihn gut?“

„Wenn er angebracht wäre. In deinem Falle ist er es glücklicherweise nicht.“ Großvater Finkenwerder setzte seine Lesebrille auf und beugte sich vor um die Speisekarte im Aushang eines gediegen wirkenden Restaurants zu studieren. „Lass uns hier eine Kleinigkeit essen, Isabelle. Danach heißt es Abschied nehmen. Ich fahre noch bis zum Schloss hinter dir her, damit ich weiß, dass du sicher gelandet bist, und dann muss ich nach Genf. Wenn ich heute Abend nicht zurückkomme, läuft Doktor Watson mit meiner Pfeife zur Kripo und lässt mich suchen.“

Isabelle kicherte bei dieser Vorstellung. „Hier ist ein Papiertaschentuch von mir. Wenn du den Doktor nachher von mir grüßt, dann lass ihn daran schnuppern, ja?“

„Wird gemacht. – Als du vorhin im Geschäft über die beiden Schlüssel für das Fahrradschloss sprachst, ist mir etwas durch den Kopf gegangen.“

„Dass ich mir zur Sicherheit noch einen Schlüssel anfertigen lassen soll?"

„Nein. Dass du zu Louise-Simone gehen, ihr einen der beiden Schlüssel in die Hand drücken und sagen könntest: ‚Liebe Lousi ...'"

„Also Opa, ich kann doch nicht ‚liebe Lousi' sagen ..."

„Gut, gut. Aber du könntest sagen: ‚Hör mal zu, Lousi, ich habe ein Rad zum Geburtstag bekommen. Du darfst es mitbenutzen. Aber du musst mir vorher Bescheid sagen, wenn du es brauchst.'"

„Sie wird Löcher in die Reifen bohren."

„Das glaube ich nicht. Wenn du ihr einen Teil der Verantwortung für das Fahrrad überträgst, würde sie sich ja selber schaden."

„Ich weiß nicht, Opa. Wenn du nun nicht Recht behältst?"

„Mein liebes Kind, wir müssen im Leben manchmal etwas riskieren, wenn sich was bewegen soll."

Isabelle suchte Lousi überall vergeblich. Erst zum Abendessen tauchte sie wieder auf. „Hör mal, Lousi, ich habe ein Fahrrad zum Geburtstag bekommen." (Mal sehen, wie Opas Worte wirkten.)

„Was geht das mich an?"

Hatte sie's nicht gewusst? Man sagte etwas in bester Absicht und schon walzte Lousi alles platt. Gib nicht gleich auf, Isabelle, mahnte ihre innere Stimme. Also gut, einen Versuch noch. „Mehr als du vielleicht denkst. Komm nach dem Essen mit, dann erfährst du es."

Als Madame Corman die Tafel aufhob, lief Isabelle zu Ricardo. „Hast du Zeit? So ungefähr zehn Minuten?"

„Das wird gerade noch gehen. Danach muss ich zum Klavierunterricht nach Villeneuve. Morgen hab ich aber Zeit, dann kannst du mir von deinem Geburtstag erzählen.“

„Prima! Jetzt musst du bitte mal eben was mithören, ja?“

Lousi stand hinter ihrem Stuhl und trommelte mit den Zeigefingern auf die Lehne. Isabelle war rücksichtslos. Erst lud sie jemanden ein, dann rannte sie zu einem andern. Typisch. Jetzt winkte sie, die Rücksichtslose.

„Komm, Lousi, wir gehen.“

Zu dritt zogen sie los. Am überdachten Fahrradständer wies Isabelle stolz auf ein blitzsauberes, grünblaues Damenrad. „Na? Wie gefällt es euch?“

„Sieht aus, als wär's mit meinem Drahtesel verwandt.“

„Ist es auch. Es ist seine Schwester.“ Isabelle machte ein würdevolles Gesicht: „Lousi, du darfst das neue Fahrrad mitbenutzen. Du musst mir nur vorher Bescheid sagen, wenn du es brauchst. Hier ist der Schlüssel für das Schloss.“

Lousi und Ricardo waren sprachlos. Ein solches Angebot hatte keiner von beiden erwartet.

„Da ist doch ein Trick dabei“, sagte Lousi misstrauisch. „Das meinst du nicht im Ernst.“

„Doch. Darum hab ich Ricardo dazugeholt. Jetzt haben wir beide einen Zeugen: du für mein Versprechen, und ich dafür, dass du mit zwei Bedingungen einverstanden bist.“

„Aha, jetzt kommt der Trick ja doch noch.“

„Tut er nicht. Du sagst nur drei Worte, die heißen ‚Ich bin einverstanden‘, wenn wir vereinbaren, dass du mir das Rad nicht vor der Nase wegnimmst. Du musst vorher Bescheid sagen. Und dass du es wieder in Ordnung bringst, wenn dir was kaputt gegangen ist. Ein Schlauch oder so.“

„Okay."

„Du bist einverstanden?"

„Hast du Eulenohren oder warum hörst du nicht? Ich sagte okay."

„Ricardo, ist das jetzt ein richtiger Vertrag?"

„Na ja, eigentlich macht man Verträge schriftlich. Aber wenn ihr nicht mehr genau wisst, was ihr euch versprochen habt, könnt ihr ja zu mir kommen. Ich sag's euch dann." Er nahm sein Fahrrad aus dem Ständer. „Ich muss los. Bis morgen, Isabelle. Tschüs, Lousi."

„Schroeder! Ricardo, halt!" Lousi war auf einmal sehr aufgeregt. „Du fährst nach Villeneuve? Etwa zu dem Professor? Dann könnte ich doch mitfahren und mir die niedlichen kleinen Dalmatiner ansehen."

Isabelle fühlte sich, als habe ihr jemand einen heißen Lappen über den Kopf geworfen. Lügen hatten wahrhaftig kurze Beine.

Zu ihrem ungläubigen Erstaunen antwortete Ricardo jedoch völlig unbefangen: „Du, das tut mir jetzt aber Leid für dich. Weißt du, mein Lehrer hat eine Hunde- und Katzenallergie. Seine Frau musste die Dalmatinerhündin mitsamt den Jungen abgeben. – So, nun muss ich aber endgültig los."

Isabelle starrte hinter ihrem Freund her. Schien fast so, als habe Ricardo den Gedankenleser nun doch erfunden. Wie hätte er sonst wissen können, dass Lousi auf einen Scherz hereingefallen war? Auf eine Lüge, berichtigte die innere Stimme streng.

„Ich melde mich jetzt zum Fahrradfahren an", sagte Lousi. „Eine Runde zum Schulhof, zum Sportplatz, zum Reitstall und wieder zurück."

Isabelle war so erleichtert über Ricardos fabelhafte Reaktion, dass sie wie die Güte in Person nickte und lächelte und immer noch lächelte, als Lousi nach einer halben Stunde um die Ecke fegte.

„Unser Rad fährt sich wirklich prima, muss ich schon sagen."

„Un...?" Isabelle schluckte den Rest hinunter und sagte nichts.

„Carlotta hat Klebebuchstaben. Wir befestigen ein I auf dem rechten und ein L auf dem linken Handgriff, dann wissen wir immer, dass es unser Rad ist."

Ach Opa! Isabelle sah nachdenklich auf das Geschenk. War das wirklich so eine gute Idee gewesen, Lousi das Fahrrad mitbenutzen zu lassen? Sie hat ein Messer genommen und das, was mir gehört, der Länge nach geteilt. Auf meiner Seite ist noch nicht mal eine Klingel.

Lousi hauchte auf die Lampe und wischte das Glas mit dem Ärmel blank. „Jedenfalls find ich das ziemlich nett von dir, dass du mit mir teilst. Dafür bezahle ich dir gleich auch die zweite Rate von der Reinigungsrechnung."

Östlich von Madagaskar

Lousi hatte Post bekommen. Ihre Eltern schrieben nicht besonders oft, und so war ein Brief von ihnen immer ein besonderes Ereignis. Die Ansicht ihrer Eltern darüber, wie man eine Tochter zur Bescheidenheit erzieht, teilte Lousi überhaupt nicht. Trotzdem hoffte sie jeden Tag auf ein Lebenszeichen von ihnen.

„Isabelle, juchhe, juchhei, juchheißa! Ich darf in den Sommerferien zwei Monate nach Hause! Meine Eltern kommen in der dritten Woche nach!"

„Das find ich super. Und ich fahr nach Frankfurt zu Opa aufs Hausboot und das gefällt mir prima hoch vier."

„Wo ist Frankfurt von hier aus gesehen?" Lousi drehte sich um die eigene Achse.

„Oje", sagte Isabelle. „Gut, dass ich das nicht in Erdkunde gefragt worden bin." Sie holte den Weltatlas, schlug die Europakarte auf und gab nach umständlicher Suche bekannt: „Hier unten ist der Genfer See und nordöstlich davon liegt Frankfurt am Main." Sie blätterte weiter. „In der Tabelle steht, dass Genf und Frankfurt nur fünfhundertachtundsiebzig Kilometer voneinander entfernt sind. Ich hätte nicht gedacht, dass das Schloss so nah am Hausboot steht."

„Nah ist gut. Zu Fuß wärst du wochenlang unterwegs!"

„Jedenfalls ist es näher als zu dir nach Hause. Aber nun erzähl du mal erst. Wie ist es so bei euch auf Réunion? Gibt es dort solche Häuser wie hier? Wo deine Eltern augenblicklich arbeiten, sind doch fast nur Lehmhütten, oder?"

„Ja. Aber Réunion gehört zu Frankreich. Da wohnen viele Europäer. Ungefähr ein Drittel der Bevölkerung, soviel ich weiß. Glaubst du, die wollen in Hütten leben? Uns gehört ein weißes Landhaus mit blauen Fensterläden und einer schattigen Veranda. Meine Eltern haben es von Großvater Montand geerbt. Als er von Nizza nach Réunion kam, hat er eine Pelargonienfarm aufgebaut."

„Was ist denn das?"

„Du kennst keine Geranien?"

„Doch, die leuchten so schön. Wir haben sie in Straßburg in die Blumenkästen am Balkon gepflanzt."

„Na, das sind Pelargonien. Mein Großvater hat rote und weiße nach Europa geliefert. Von bestimmten Sorten ließ er die Blätter sammeln und in sein Labor schaffen. Er presste sie aus und hatte, schwuppdiwupp!, Duftöl, das roch genau wie Rosen. Daraus wurde Parfüm gemacht."

„Dann muss dein Opa ja reich geworden sein. Lebt er noch?"

„Nein. Aber den Betrieb gibt's noch. Er gehört jetzt meinem Onkel. ‚Gustave Montand – Pelargonienzucht und Gewinnung von Essenzen'. Das steht an dem Firmentor."

„Wenn du nach Hause kommst, bist du dann ganz allein in dem weißen Haus?"

„Der Verwalter und seine Frau sind da, vielleicht auch mein Bruder."

„Ich wusste gar nicht, dass du Geschwister hast. Wo ist dein Bruder denn jetzt?"

„In Le Port. Das ist der Haupthafen von Réunion. Mein Bruder hat sich das Geld geben lassen, das er später sowieso erben würde, und ein Heim für kriminelle Kinder und Jugendliche aufgemacht. Da arbeitet er."

„Ja? Was haben die Kinder denn angestellt?"

„Alles Mögliche. Gestohlen, geraubt, Häuser und Autos angesteckt."

„Auch gemordet?"

„Weiß ich nicht genau. Ich glaub schon."

„Und deine Eltern arbeiten in Entwicklungsländern. Eure Familie tut aber viel für andere, das muss ich schon sagen."

„Für andere schon, das stimmt. Nur für mich nicht." Lousi zog ein mürrisches Gesicht.

„Wenn dein Bruder schon einen Beruf hat, wie alt ist er denn dann?"

„Achtundzwanzig. Ich finde ihn ätzend. Der hört mir nie richtig zu. Immer will er nur bestimmen und weiß alles besser."

„Was machst du denn auf der Insel den ganzen Tag?", wollte Isabelle wissen.

„Na, zu Hause sein, was sonst? Ich besuche meine Freundinnen. Die Eltern von meiner allerbesten Freundin haben eine Vanillefarm. Hm, bei denen riecht's gut. Du denkst, du bist in einem Süßwarenladen. Jacqueline ist meine zweitbeste Freundin. Denen gehört eine Rumfabrik. Da stinkt es wie verbrannter Zucker mit Insektenspray."

„Du machst nichts anderes als rumschnuppern?"

„Seh ich so aus? Wir fahren mit kleinen Elektroautos herum oder mit dem Rad, wir spielen, schwimmen oder surfen. Manchmal klettern wir an den zwei Vulkanen rum. Einer ist erloschen, der andere spuckt noch. Wir dürfen da zwar nicht kraxeln, aber deshalb macht es ja grade Spaß. Die Vulkane sind so hoch wie die Schweizer Berge. Der tote ist über dreitausend, der andere über zweieinhalbtausend Meter hoch. Wenn wir da klettern, stellen wir uns vor, der Piton de la Fournaise, das ist der, der ab und zu wirklich losspuckt, würde plötzlich aktiv und schösse uns, pffft!, auf den Mond. Na, so was in der Art machen wir eben."

„Toll! Erzähl weiter."

„Also, gib acht." Lousi nahm eine Schere und schnitt ein Oval aus einer Heftseite. „Ich stelle das Ei auf die Spitze und kippe es nach links, sodass es fast auf der Seite liegt. Genauso schwimmt Réunion im Indischen Ozean. Westlich davon ist Madagaskar.“

„Das kenn ich von Opa. Er singt manchmal ein Lied von Madagaskar, wo die Matrosen die Pest hatten, und wenn das Schifferklavier spielte, kriegten sie Heimweh.“

„Madagaskar ist immerhin zweihundertvierunddreißigmal größer als Réunion.“

„Das hast du dir gemerkt? Ich könnte das nicht.“

„Selbst ein Blödi kann das. Es ist ganz einfach. Du merkst dir zwei, drei, vier. Zweihundertvierunddreißig. In Madagaskar war ich aber noch nie. Was soll ich auch da?“

„Erzähl noch ein bisschen von eurer Insel.“

„Rings um Réunion gibt es Korallenriffe.“

„Oh! Darüber hab ich mal einen Film gesehen. Wie zwei Taucher zu den Korallenriffen geschwommen sind. Warst du auch schon da unten?“

„Nein. Ich darf nicht tauchen. – Unsere Küste ist nicht breit. Eher schmal und flach. Da leben die allermeisten und da wird Tee angebaut und Tabak und Zuckerrohr.“

„Und Geranien.“

„Pelargonien. Zwischen den beiden Vulkanen ist es dafür platt und hoch, ungefähr tausend Meter. Mehr weiß ich nicht.“

„Kennst du jeden, der auf der kleinen Insel wohnt?“

„Ich soll mehr als eine halbe Million kennen? Wie stellst du dir das vor? Ich kenne ja noch nicht mal die Franzosen alle, und schon gar nicht die Kreolen und Inder und Chinesen.“

„Also Lousi, warum hast du mir das nicht schon eher mal erzählt anstatt mich zu ärgern?“

„Weil du nie da warst, darum."

„Umgekehrt. Weil du mich geärgert hast, war ich manchmal nicht da."

„Wenn du mich mal besuchen willst, darfst du nicht zwischen Dezember und März kommen. Dann ist bei uns Regenzeit."

„Und in den andern Monaten, wie ist es da?"

„Heiß und feucht. Deshalb trage ich das Haar so kurz. Dann kann ich zwischendurch, wenn ich verschwitzt bin, schnell mal unter die Dusche gehen und muss mich nicht um Locken oder Zöpfe kümmern."

„Sehr schlau."

„Jetzt musst du mir schnell von dem Hausboot erzählen."

„Wieso schnell?"

„Bevor wir wieder Streit haben."

„Warum? Willst du mir denn wieder was kaputt machen?"

„Ist schon passiert." Lousi machte ein schuldbewusstes Gesicht. „Aber aus Versehen."

„Hilfe! Was denn?"

„Ich hab gestern Abend, als ich mit dem Fahrrad fuhr, einen Igel gerettet. Der wollte die gefährliche Straße nach Villeneuve überqueren. Da hab ich ihn mit auf unser Zimmer genommen, weil ich ihn mir gern genau ansehen wollte. Und als ich ihn vorübergehend in deine alte Strickjacke tat, damit er es an seiner empfindlichen Nase schön kuschelig hätte, also da hat er auf einmal gemusst. Und als ich ‚Huch' gerufen hab, hat er sich erschrocken und ist losgerannt. Und da sind ein paar Maschen ... na ja. Ich bring sie wieder in Ordnung. Versprochen."

„Warum hast du mir das nicht gleich gestern Abend gesagt?"

„Ich hab mich nicht getraut."
„Und warum traust du dich heute?"
„Weil meine Eltern geschrieben haben. Und weil ich in den Ferien nach Hause darf. Und weil ich heute froh bin."
„Ich bin wirklich sauer. Warum hast du nicht deine Sachen genommen? Wenn die schmutzig werden und zerreißen, dann wär das nicht so schlimm. Ausgerechnet meine Jacke. Lousi, du bist ein blödes Schaf."
„Du auch. Erzählst du mir jetzt vom Hausboot?"
„Nein. Denn ich bin nicht froh, sondern stocksauer."
„Ich wünsche dir, dass das Hausboot voll Wasser läuft, wenn du ganz allein bist. So!"
„Und ich wünsche dir, dass euer Kipp-Ei im Indischen Ozean absäuft, wenn du grade in dem weißen Haus mit den blauen Fensterläden mutterseelenallein bist."
Lousi stopfte sich Gummibärchen aus Isabelles Vorrat in den Mund, setzte sich auf den Boden, umschlang ihre Knie mit den Armen und sah Isabelle erwartungsvoll an. „Fang schon an. Ich höre."
„Du nervst. – Also gut. Frankfurt ist doppelt so groß wie Genf. Ungefähr. Es gibt da Viertel, die aussehen wie im Mittelalter, und andere, die sind supermodern. Da gibt's Banken so hoch wie in New York und einen riesigen Messeturm, wo ich manchmal mit Opa was Leckeres esse und runtergucke. Und fast immer gibt's irgendwo Straßenmusik und Flohmarkt. Der größte Fluss ist der Main, wo das Hausboot drauf liegt. Als meine Oma starb, wollte Opa nicht mehr ins Gericht gehen."
„Was machte er denn da?"
„Opa war Richter. Er hat sein Frankfurter Haus, in dem

meine Mutter groß geworden ist, vermietet und ein Boot gekauft. Damit ist er vom Main durch einen Kanal zur Donau gefahren und weiter bis zum Schwarzen Meer. Irgendwann hat er sich über Omas Tod etwas beruhigt, das Motorboot wieder weggegeben und ein Hausboot und Doktor Watson angeschafft. Seither schreibt er nur noch Krimis."

„Wie groß ist das Hausboot?"

„Es hat eine Kombüse, dann eine Dusche mit Waschmaschine und Wäschetrockner, ein Klo, Opas Arbeitszimmer, den Schlafraum mit echten Kapitänsmöbeln ..."

„Wie sehen die aus?"

„Das sind so Kästen aus rotbraunem Holz mit Messingbeschlägen, weißt du? Außerdem gibt es an Bord ein Wohnzimmer und ein Gästezimmer. Nicht groß, aber gemütlich. Außen kann man auf dicken Brettern um das ganze Boot laufen. Ich bin da immer mit Doktor Watson rumgerannt. Von den Planken zum Land führt ein schmaler Steg mit einem Geländer."

„Wenn ich mal nicht nach Réunion fahre, kann ich dann mal mit aufs Hausboot?"

„Geht leider nicht. Zwei Personen und ein Hund – mehr passen nicht an Bord. Aber wenn meine Eltern am Nordpol fertig sind, wohnen wir vielleicht wieder zusammen in Straßburg. Da haben wir genug Platz für dich."

„Mal sehen. Das Hausboot fänd ich interessanter."

„Ich auch. – Wo ist meine verdorbene Jacke?"

„Bei Christine. Sie und ich, wir bringen das in Ordnung."

„Und wo ist der Igel?"

„Längst wieder im Park. Als das passiert war, hab ich ihn gleich rausgeschafft und die Jacke zu Christine gebracht. Zufrieden?"

„Ja, sehr. Ich danke dir, liebe Lousi, dass du meine Jacke versaut hast."

„Ich hätte es dir auch verheimlichen können. Dann könntest du mich jetzt nicht wieder zusammenstauchen wegen so einem Kleinkram."

Aussichten

„Sag mal", begann Ricardo, „ist Lousi eigentlich erträglicher geworden?"

„Du meinst, seit sie das Fahrrad benutzen darf?"

„Ganz allgemein."

„Na, ich weiß nicht. Sie hat einen Igel in meine Strickjacke machen lassen." Isabelle seufzte. „Ach, Ricardo, was du mit dem Kästchen gesagt hast, dass man seine Wünsche da manchmal reinsperren muss, weil einen jemand dringend braucht ... Ich hab es wirklich versucht. Und mal für kurze Zeit, für ein paar Stunden oder von mir aus für drei Tage oder so, da schaffe ich das auch. Aber langsam glaube ich, Lousi kriegt es fertig, dass ich meine Wünsche nie mehr aus dem Kasten hole."

„Mach halb lang! Ich hab das irgendwann mal erwähnt um dir zu erklären, wie ich mit der Krankheit meiner Mutter klarkomme. Dass ich für 'ne Weile nicht an mich denken will. Aber deshalb musst du deine Wünsche doch nicht auch in einen Kasten sperren. Ausgerechnet wegen Lousi!"

Sie senkte den Kopf. „Ich wollte so gern sein wie du!"

„Du sagst manchmal Dinge! Ich bin nicht edel oder so was in der Art."

„Mein Opa sagt, über sich selbst muss man andere urteilen lassen. Darum kannst du gar nicht wissen, was du bist. Aber ich weiß es. – Also, ob Lousi jetzt besser zu ertragen ist, da bin ich mir nicht so sicher. Irgendwie anders ist sie schon. Manchmal kommt sie mir direkt komisch vor. Dauernd löchert sie mich: ‚Hat dein Cousin angerufen?' Was kümmert sie das eigentlich? Und sie sagt neuerdings ‚vor dem Fahrrad' und ‚nach dem Fahrrad', das klingt so wie ‚vor unserer Zeitrechnung' oder ‚nach Christi Geburt'. Findest du das nicht auch komisch?"

„Eigentlich nicht."

„Nicht?", fragte sie gedehnt.

„Nein. Ich kann mir schon denken, warum sie das sagt."

„Du hast ja auch einen Röntgenblick, aber ich nicht. Was ich dich schon gestern fragen wollte: Als Lousi das mit den Dalmatinern brachte, wieso hast du da sofort eine Antwort gewusst? Ich hatte dir doch gar nichts davon erzählt, dass ich Lousi mit den Welpen ein bisschen angekohlt habe."

Er lachte in sich hinein. Auf die Frage hatte er gewartet. „Was würdest du sagen, wenn ich nun mitgehört hätte, als du Lousi Märchen erzählt hast? Und wenn mein Klavierprofessor wirklich und wahrhaftig eine Hunde- und Katzenallergie hätte?"

Sie überlegte nicht lange. „Das kann nicht sein. An dem Abend, als ich Lousi das mit den Dalmatinern aufgebunden hab, lagen wir schon im Bett. Du kannst mich also nicht belauscht haben."

„Du hast Recht. Die Wahrheit ist, ich habe mitgehört, als

Lousi jemandem von den Dalmatinern erzählte." Dass er sein Wissen einem kleinen Diktiergerät verdankte, verriet er nicht.

„Wem? Wem hat sie das erzählt?"

„Einem Jungen, der nicht im Internat ist."

„Aha, also einem Externen."

Ricardo überging diesen Punkt. „Und das mit der Allergie war keine Erfindung, sondern Tatsache. Du siehst, ich habe keinen Röntgenblick und keinen Gedankenleser."

„Ich find es aber schön, das zu glauben. Und am allerschönsten ist, dass du nach den Ferien nur dem Internat tschüs sagst, aber an unserer Schule bleibst. So gehen wir uns nicht verloren."

„Stimmt. Ich bin übrigens schon gespannt, wo wir in Genf wohnen werden. Und ich wüsste gern, ob meine Mutter noch mit mir musizieren kann. Früher haben wir oft vierhändig gespielt."

„Sie wird es noch können, ganz bestimmt. Hat dein Stiefvater eine Videokamera? Dann muss er das filmen und auch die Musik aufnehmen. Wenn du erwachsen bist und deine Mutter irgendwann vielleicht nicht mehr lebt, dann kannst du dir die Filme ansehen und dich trösten."

„Kommt mal her!", tönte es da vom Garten her. Smily hob und senkte eine Hacke.

„Geh allein zu ihm", sagte Ricardo. „Ich muss zu einer Besprechung."

Isabelle winkte Smily zu. „Schon unterwegs!"

Smily hielt ihr einen fetten, gut zwanzig Zentimeter langen Regenwurm hin. „Du wolltest meine Kollegen kennen lernen. Der da hilft ordentlich mit den Boden aufzulockern. Guck mal zu, wie er das macht." Kaum war der Wurm in Freiheit, ringelte er sich ein Stückchen vorwärts und verschwand dann in Sekundenschnelle unter der Erde. Ein paar winzige Erdkrumen verrieten seine Spur.

„Wie kann der wabbelige Wurm das schaffen, mit dem Kopf den Boden zu durchstoßen?"

„Wenn er wabbelig wär, könnte er es nicht. Und nun sieh mal in dem Kasten da nach." Er wies mit der Hacke auf die Astgabel in einer Magnolie.

Isabelle nahm vorsichtig ein flaches Kästchen aus Plexiglas herunter. Smily hatte kleine Luftlöcher in den Deckel gebohrt.

„Wohltäterkäfer! Sie haben wirklich welche für mich gesammelt? Das find ich riesig nett. Vielen Dank! Darf ich sie Lousi zeigen? Das ist das Mädchen in meinem Zimmer."

„Du meinst die dünne, dunkelhaarige Nervensäge?"

„Genau."

„Das Mädchen ist eine Landplage. Sie trampelt wie ein junger Elefant in meinen frisch gejäteten Beeten rum. Weiß der Kuckuck, was die sucht. Ich hab ihr zweimal gehörig den Marsch geblasen. Seit neuestem geht sie mir auf den Geist mit irgendwelchen Geschichten, die ich ihr unbedingt erzählen soll. Halt sie mir vom Leib, wenn ich bitten darf."

„Ja, sicher. Bis um wie viel Uhr möchten Sie die Käfer zurückhaben?"

„Nicht so hastig, Fräulein Eilig. Ich erwarte, dass du mir möglichst bald einen Zettel bringst, auf dem die sieben Namen meiner nützlichen Kollegen stehen. Du hast doch ein anständiges Naturkundebuch?"

„Das schon. Aber nicht alle Abbildungen sind farbig. Ich weiß nicht, ob ich die sieben Käfer so schnell finde."

„Willst du damit sagen, dass ich mir für einen Strohkopf die Mühe gemacht habe?"

„O nein!", versicherte sie. „Ich werd's schon rauskriegen."

Glücklicherweise traf sie Lousi auf der Treppe. „Komm noch mal eben mit hoch aufs Zimmer", bat sie. „Du kannst mir helfen sieben Käfer zu bestimmen."

„Ich wollte mit dem Rad ein bisschen weg."

„Es geht blitzschnell. Bitte."

„Na gut." Lousi nahm Isabelle die Kiste aus der Hand. „Die Namen brauchst du? Mehr nicht?"

„Heißt das, du kennst alle sieben? Wir brauchen nicht lange im Buch zu suchen?"

„Klar. Hast du die Käfer gesammelt?"

„Nein, Smily."

Lousi schaute Isabelle prüfend an. Dann beschloss sie die Antwort als Scherz aufzufassen. „Ich merke das, wenn du mich vereimerst."

Isabelle riss einen Zettel aus ihrem Block und zückte den Bleistift. „Der Erste von links, der so metallisch dunkelblau glänzt, heißt Mistkäfer. Richtig?"

„Was denn sonst? Daneben der mattschwarze mit dem kastanienbraunen Rücken ist ein Hirschkäferweibchen."

„Woran siehst du, dass es ein Weibchen ist?"

„Das Männchen hat große Kieferzangen, wie ein Geweih. Rechts, das ist der Schwarzglänzende Aaskäfer."

„Aaskäfer", schrieb Isabelle.

„Nein, hör doch zu: Schwarzglänzender Aaskäfer. Es gibt verschiedene Arten von Aaskäfern. Blaugrün gefärbt ist der Gartenlaufkäfer, der gern in Rosenblüten sitzt. Der schwarze mit dem roten Halsschild heißt Gemeiner Weichkäfer."

„Den nächsten kenne ich. Das ist ein Marienkäfer. Und wie heißt der letzte Käfer, der mit dem Dorn am Kopf?"

„Der glänzende rotbraune heißt Gewöhnlicher Nashornkäfer. Der lebt in Komposthaufen. Wär's das?"

„Fast. Sag mir nur noch, welche am nützlichsten sind."

„Ich würd sagen: Marienkäfer. Die vertilgen die meisten Milben und Pflanzenläuse. Mehr noch als der Gemeine Weichkäfer. Aber alle Käfer hier in der Schachtel sind für irgendwas gut. So, und was machst du jetzt mit ihnen?"

„Ich bring sie zurück zu Smily."

„Dir fällt auch nichts Neues ein. Und mich machst du an, weil ich angeblich manchmal was dreimal sage. Haha, hi..."

„Hihi, hoho. Warte noch mit dem Radfahren, bis du gesehen hast, wohin ich gehe."

„Okay."

Isabelle rannte in den Park.

„Na, das ging ja beförderlichst!" Smily stützte sich auf den Hackenstiel und sah Isabelle erwartungsvoll entgegen.

„‚Im Schweinsgalopp' ist auch ein schöner Ausdruck. – Darf ich vorlesen?"

„Hast du so eine schlechte Klaue? Oder denkst du, ich könnte nicht lesen?"

Sie reichte ihm das Blatt. Und als sie sein Lächeln sah, wusste sie, woher er seinen Spitznamen hatte.

„Alle Achtung! Das ist von A bis Z richtig. Damit hättest du dir zu meiner Schulzeit ein Fleißkärtchen verdient."

„Also eigentlich ist das Lousis Verdienst, sie kannte alle Käfer hier in der Schachtel", klärte Isabelle Smily auf.

„Tatsächlich? Na, wie auch immer – hast du Lust meine Kollegen an ihren Platz zurückzubringen?"

„O ja. Den Mistkäfer tragen wir zum Misthaufen hinter der Reithalle und den Nashornkäfer zum Komposthaufen am Gartenzaun."

„Dann mal los."

In einiger Entfernung stand Lousi und wusste nicht recht, ob sie sich ärgern oder wundern sollte. Sie schob die Entscheidung darüber auf und verschwand in Richtung Fahrradständer.

„Es lohnt sich, dass du dich mit Insekten beschäftigst", wurde Isabelle von Smily belehrt. „Die sind zum Wundern, das garantier ich dir. Unter ihnen gibt es Bohrer und Erdarbeiter und Tänzer und Musikanten."

Isabelle lachte. Der Gärtner war zum Kringeln. Viel netter als die Biolehrerin. Eine Unterhaltung mit ihm war bei weitem interessanter und lehrreicher als der Fachunterricht in der Schule.

„Was hast du denn in Naturkunde für eine Note?"

„So mittel. Ich würde gern eine Sieben haben, weil mich das Fach wirklich interessiert. Aber die Stunden sind so öd. Ich muss dauernd gähnen."

Smily nickte. „Fremdsprachen lernt man am besten im jeweiligen Land. Und Naturkunde in der Natur anstatt aus Büchern. Bist du nächstes Jahr noch hier?"

Isabelle dachte an Hühnerauges gedrechselten Satz, wonach ihre Eltern in einem Jahr in Genf „Wohnung nehmen" würden, sodass sie – wie Ricardo in Kürze – das Internat verlassen würde, nicht aber die Schule. „Ich wünsche mir zwar, dass wir wieder nach Straßburg ziehen, wenn meine Eltern vom Nordpol zurückkommen. Aber es kann auch sein, dass wir dann noch für länger in Genf wohnen müssen."

„Ich wollte dir nur einen Vorschlag machen. Wenn du dich wirklich für die Natur interessierst, könntest du von März an bis zum Winter Blätter und Pflanzen sammeln. Du müsstest sie pressen und aufkleben und beschriften. Und dann immer dazuschreiben, welche Tiere du an den Blättern oder Pflanzen beobachtet hast. Im nächsten Winter hättest du ein sehenswertes Jahresheft zusammen. Deine Note in Naturkunde könntest du damit sicher liften."

„Gute Idee. Wenn ich nächstes Jahr noch an der Schule bin, würden Sie mir denn dann bei dem Heft helfen? Ich meine, ich kenne nicht gerade viele Namen von Tieren und Pflanzen."

„Das würde ich."

Isabelle verabschiedete sich von Smily und ging zum Fahrradständer um nachzusehen, ob Lousi zurück war. Dann suchte sie an der Reithalle, und als sie Lousi auch dort nicht fand, ging sie schließlich zum Seniorenstift.

„Guten Tag, Isabelle", grüßte Madame Allégret vom Balkon ihrer Wohnung. „Ich freue mich, dass du mich wieder einmal besuchst. Du warst länger nicht bei mir. Louise-Simone hat mir an deinem Geburtstag zusammen mit deinem Cousin Luc einen kurzen Besuch abgestattet. Ein netter Junge übrigens. Schade, dass ihr euch verpasst habt."

Isabelle sah verwirrt abwechselnd nach oben und zu Boden. Die arme Madame Allégret! Jetzt hatte sie Altersdemenz! Den Namen für die traurige Krankheit kannte sie von ihrem Großvater. Der wurde oft zweimal am Tag vom alten Herrn Lampinske besucht, der vorgab für Herrn Finkenwerder Kaminholz hacken zu müssen. Wo doch Großvater niemals einen Kamin besessen und Herrn Lampinskes Dienste auch früher nie in Anspruch genommen hatte! Wie traurig, wie traurig.

„Komm rauf, Isabelle. Es ist noch etwas Gebäck vom Tee übrig."

Isabelle folgte der Einladung. Es gehörte sich einfach so. Schließlich nahm sich Opa auch geduldig des bedauernswerten Herrn Lampinskes an.

„Wie gesagt, Isabelle, dein Cousin ist ein sehr angenehmer junger Mann."

„Bis zum vergangenen Sommer war er hier im Internat", sagte Isabelle um nicht schweigend dazusitzen. „Hätten Sie ihn nicht vom Sehen kennen müssen?"

„Ich bin im Juli eingezogen, liebes Kind. Da waren die Maturanden bereits weg. Nun, er hatte die weite Fahrt von Paris nach hier unternommen und schlenderte mit Louise-Simone durch den Park. Natürlich habe ich die beiden zu mir gebeten. Als ich hörte, wer er sei, machte ich einen Scherz und nannte ihn den ‚Vetter aus Dingsda'. Er verstand die Anspielung auch gleich. Ich hätte mich gern ein wenig mit ihm unterhalten. Leider rief mich meine Nachbarin zu sich, und als ich wiederkam, war dein Cousin bereits aufgebrochen."

Madame Allégrets Krankheit äußerte sich aber nun doch anders als die des armen Herrn Lampinske. Vielleicht litt sie überhaupt nicht unter Altersdemenz, sondern unter einer anderen Form der Verwirrung. Isabelle knabberte das Gebäck und überlegte. Was wäre, wenn Madame gar nicht fantasierte, sondern die Wahrheit sprach? Ach nein, dann hätte ihr Lousi von der Begegnung erzählt.

„Denk dir, ich habe mich entschlossen mich im Griechischen unterrichten zu lassen. Ein aus Athen stammender

Sprachlehrer, der in Villeneuve lebt, wird künftig zweimal pro Woche zu mir kommen."

Isabelle war sprachlos. Wenn das stimmte, wenn Madame tatsächlich Griechisch lernen wollte, dann konnte sie nicht krank sein. Das würde bedeuten, dass sie nicht fantasierte, sondern von Tatsachen sprach. Luc war da gewesen und das Biest Lousi hatte es ihr verschwiegen! Daher also die dauernde Fragerei, ob er angerufen habe. An diesem Punkt der Überlegung verknoteten sich Isabelles Gedanken. Was sollte ihren Cousin bewogen haben unangemeldet ins Schloss zu kommen, nur um ihr zu gratulieren? Unwahrscheinlich genug, dass er überhaupt wusste, wann sie Geburtstag hatte. Sie hatte zu ihm doch überhaupt keinen Kontakt. Seine Eltern waren genau wie ihre für die Internationale Meteorologische Organisation irgendwo auf dieser Welt unterwegs. Die hatten andere Verpflichtungen als ihrem Sohn den Geburtstag seiner kleinen Cousine mitzuteilen. Was, verflixt noch mal, war hinter ihrem Rücken abgelaufen?

Isabelle verabschiedete sich nach einer Anstandsfrist. Sie war beunruhigt. Die Sache musste aufgeklärt werden, und zwar möglichst rasch. Der Knoten in ihren Gedanken war ihr unerträglich.

Bis zum Abendessen blieb Lousi verschwunden. Im Speisesaal stand sie dann plötzlich wie aus dem Boden geschossen neben Isabelle. Sie sah aus, als mache sie Werbung für Heftpflaster: An der Stirn klebte eins, auf der Backe, am Arm und an der Hand.

„Was ist denn mit dir passiert?"

„Das siehst du doch. Ich bin gestürzt."

„Etwa mit meinem Rad?" Isabelle sprang auf.

„Womit denn sonst? Ich wollte ausprobieren, wie viel Stundenkilometer ich schaffe, da geriet ich auf ein frisch geteertes Stück Straße, wo sie Rollsplitt verteilt hatten."

„Konntest du denn nicht sehen, dass da Splitt lag?"

Wenn sie nach vorne geschaut hätte und nicht in die Seitenstraße, aus der ein Auto kam, in dem sie Luc Santer zu erkennen glaubte, dann hätte sie es natürlich sehen können. Aber das konnte sie Isabelle schlecht sagen. „Dass mir alles wehtut, ist dir wohl egal?"

„Selber schuld. Was ist mit meinem Rad?"

„Was soll schon damit sein? Es steht beim Händler in der Werkstatt. Morgen können wir es abholen."

„Ich werd nicht mehr! Also wirklich, Lousi! Es kann ja sein, dass du Schmerzen hast. Aber soll ich mich aus lauter Mitleid nicht mal darüber aufregen, dass du mein Geburtstagsgeschenk zu Schrott gefahren hast? Überhaupt hab ich nachher noch ein Hühnchen mit dir zu rupfen."

„Nach dem Essen muss ich mich hinlegen und dann darf ich nicht mehr gestört werden."

„Das wollen wir dann mal sehen."

Immer mehr Kinder entdeckten Lousis Pflaster und erkundigten sich, was ihr zugestoßen sei. Nur wenige fragten aus echter Anteilnahme. Die meisten grinsten und machten Witze. Sie wollten wissen, ob Lousi in einen Löwenkäfig gefallen sei oder sich mit einem Linkshänder geprügelt habe, ob sie das neue Aknepflaster ausprobiere oder für Biologie Kleinstlebewesen auf der eigenen Haut züchte.

Krokotasche klatschte in die Hände. „Darf ich um Ruhe bitten? Ich finde es beklagenswert und bedauerlich, dass sich auch in unserem Kreis das Sprichwort bewahrheitet: ‚Wer den

Schaden hat, braucht für den Spott nicht zu sorgen.' Eure Mitschülerin ist vom Rad gestürzt und hat sich schmerzhafte Verletzungen zugezogen. Wen das belustigt, der lasse sich bescheinigen, dass er noch nicht über die gebührende sittliche Reife verfügt. Wir sind hier nicht auf dem Jahrmarkt, wo Abnormitäten zur Schau gestellt und belacht werden. – Und nun wünsche ich allseits Guten Appetit."

Trotz der Predigt kicherte hier eine Schülerin, da gackerte eine, dort bekam eine einen Lachkrampf. Erst als sich Hühnerauge erhob, kehrte schlagartig Ruhe ein.

Als Christine zum Gute-Nacht-Sagen kam, brachte sie ein Fieberthermometer und frisches Verbandsmaterial mit. Kaum war sie fort, sagte Isabelle zu Lousi: „Hast du nicht vergessen mir zu erzählen, dass ich an meinem Geburtstag Besuch hatte?"

„Dein Cousin wollte nicht, dass Schroeder es dir sagte. Warum hätte ich's tun sollen?"

„Luc hat mit Ricardo gesprochen?"

„Du stellst vielleicht blöde Fragen! Sie sind sich im Park zufällig begegnet. Warum hätten sie denn nicht miteinander sprechen sollen? Du hast mir doch selbst erzählt, dass sie sich gut leiden können und sich ab und zu in Genf treffen."

Warum verzichtete Lousi darauf, sie wegen der Beschreibung des Olympiageistes auszulachen? Etwas war faul, das stand fest. Wenn sie nur wüsste, was! „Wie sah er denn aus, he?"

„Hast du einen Sonnenstich oder warum fragst du so dämlich? Du wirst doch wohl noch wissen, wie dein Cousin aussieht. Okay, ich geb ja zu, dass ich dir vorher nicht geglaubt hab, dass es ihn überhaupt gibt. Jedenfalls nicht so, wie du ihn beschrieben hast."

„Groß und dunkelhaarig und gut aussehend."

„Ja. Und sogar ziemlich nett." Lousi dachte an das Kompliment.

„Du warst mit Luc bei Madame Allégret?"

„Ja, aber nur kurz. Er musste weg. Wegen seiner Erfindung hatte er einen Termin. Frag Schroeder. Der weiß genau Bescheid."

„Du wirst lachen, genau das tue ich. Und weißt du auch wann? Jetzt."

„Das darfst du nicht. Es ist neun vorbei."

„Ich weiß, wie spät es ist." Isabelle schlüpfte in Jeans und T-Shirt und schlich über den Flur zur Treppe. Im Schutz einiger größerer Mädchen gelangte sie ins Freie. Ricardo nahm an der Schulpflegschaftsversammlung teil, die jeden Augenblick zu Ende sein musste. Isabelle pfiff unter dem Fenster des Sitzungsraumes auf eine bestimmte Weise und kurz darauf kam Ricardo aus dem Schulgebäude.

„Mensch, Isabelle, du riskierst aber mal wieder was. Komm, wir gehen zur Turnhalle. Da sind wir ungestört."

„Ricardo, ich war vorhin bei Madame Allégret. Sie hat mir erzählt, dass mich Luc an meinem Geburtstag besuchen wollte und dass er und Lousi bei ihr Tee getrunken haben. Und als ich Lousi angemeckert hab, warum sie mir das verschweigt, da sagt sie, Luc hätte von dir verlangt, dass du den Mund darüber hältst." Sie ergriff seinen Arm mit beiden Händen. „Ricardo, woher kennst du Luc? Dass ihr befreundet seid, hab ich doch nur erfunden, weil mich Lousi so genervt hat."

„Dein Cousin war nicht hier."

„Aber ..."

„Ich erklär's dir. Also: Zu deinem Geburtstag wollte ich dir eine Freude machen. Da kam ich auf die Idee, den Sohn meines Klavierprofessors zu bitten Lousi in deiner Abwesenheit einen Besuch abzustatten. Jean-Claude besucht in Genf die Schauspielschule und sieht ungefähr so aus, wie du deinen Cousin beschrieben hast. Er hat mir den Gefallen getan und Lousi ein bisschen zusammengestaucht. Dumm nur, dass Madame Allégret dazwischenfunkte. Und wenn ich übrigens gewusst hätte, dass du Lousi erlaubst dein Rad zu benutzen, hätte ich die Sache bestimmt nie im Leben durchgezogen."

„Das kapier ich nicht."

„Jean-Claude hat mich vorhin angerufen. Er hat Lousi heute Nachmittag vom Auto aus auf dem Rad gesehen. Und sie ihn wahrscheinlich auch, denn unmittelbar danach ist sie gestürzt."

„Und was machen wir nun?"

„Nichts. Jean-Claude sagt, vor den Sommerferien kommt er nicht mehr zu seinen Eltern. Und später will er daran denken, sich eine Brille aufzusetzen, wenn er wirklich mal hier sein sollte. Nach einem halben Jahr, behauptet er, werde sich Lousi sowieso nicht mehr genau an sein Gesicht erinnern."

„Danke", sagte sie leise.

„Ach was! Wofür denn?"

„Dass du schon wieder was für mich getan hast."

„Nicht der Rede wert. Und es hat ja auch nicht viel genützt, wenn ich's richtig betrachte. Lousi verspricht hoch und heilig, dir keinen mehr zu drehen, und was tut sie? Benutzt deine Jacke als Igelklo."

„Lousi ist vielleicht ein bisschen wie Gewitter. Wenn es eigentlich schon abgezogen ist, donnert's immer noch einmal nach."

„Hoffentlich behältst du Recht. Hat sie dir dein Rad heute total zu Schrott gefahren?"

„Sie sagt, ich könnte es morgen aus der Werkstatt holen. Demnach war es noch zu retten."

„Ich bin Zeuge, dass Lousi sich verpflichtet hat die Reparatur zu bezahlen. Sieh bloß zu, dass du dein Geld kriegst."

„Sie muss die Reparatur wie die Reinigungsrechnung abstottern, das ist mal sicher. Ich nehme an, sie lässt sich Geld von ihrem Onkel in Réunion geben. Der hat eine Geranienfarm und verkauft Duftöl."

„Lousi kann froh sein, dass es dich gibt. Hätte sie meinen Spezialfreund Philipp auf dem Zimmer, wär sie längst auf dem Weg nach Réunion. Dem Jungen würde sie einmal und nie wieder einen Streich spielen."

„Der ist gnadenlos, wie?"

„Und ob. – Du hast vergessen dein Nachthemd mitzunehmen. Wie willst du heute zurück aufs Zimmer kommen? Schlafwandeln in Jeans, das überzeugt nicht."

„Wenn ich geschnappt werde, sage ich, Lousi ist krank. Ich möchte sie nicht stören und gehe erst ganz spät ins Zimmer, wenn sie bestimmt schon schläft."

„Du bist zu aufopfernd, Isabelle Santer, gutes Kind. Verzichtest zu Gunsten einer Leidenden auf die köstliche Nachtruhe", sagte er und imitierte den gezierten Ton der Krokotasche.

Isabelle konnte sich nicht halten vor Lachen. Bis Christine plötzlich vor ihr stand.

„Darf ich mitlachen und den Grund eurer nächtlichen Konferenz erfahren?"

„Christine, das ist so: Du weißt ja, Lousi hat leider mein

Rad kaputt gefahren. Morgen soll ich es in der Werkstatt abholen. Als ich schon im Bett lag, fiel mir plötzlich ein, dass Ricardo morgen nach Villeneuve fährt. Da musste ich ihn unbedingt fragen, ob er für mich zur Werkstatt geht und mein Rad mitbringt."

„Das hatte unmöglich bis zum Frühstück Zeit?"

„Ganz unmöglich. Der Gedanke hätte mir stundenlang den Schlaf geraubt. Und dann hätte ich mich von einer Seite auf die andere gewälzt und die arme Lousi beim Schlafen gestört."

„Du weißt, dass ich den Vorfall melden muss?"

„Christine", mischte sich Ricardo ein. „Tu mir den Gefallen und erzähl Madame Corman, Isabelle und ich hätten zusammen Musik gemacht um eine Überraschung für den letzten Schultag einzuüben."

Christine machte ein Gesicht, das Bände sprach. „Was für ein Pech, dass Madame zu ihrer Freundin gefahren und noch nicht zurück ist."

„Juhu!" Isabelle fiel Christine um den Hals.

Ricardo strahlte. „So eine Nachtkonferenz soll nicht wieder vorkommen, Christine. Versprochen. War aber wirklich wichtig. Gute Nacht allerseits. Und dir, Christine: danke."

„Gute Nacht, Ricardo," klang es zweistimmig hinter ihm her.

Christine legte den Arm um Isabelles Schultern. „Komm", sagte sie freundlich, „morgen ist auch noch ein Tag."

Das Internat am Genfer See

Tina Caspari
Guten Start, Laura!
(Band 1)

Harald Parigger
Cool bleiben, Stefanie!
(Band 2)

Peter Kuntze
Die Neue aus China (Band 3)

Tina Caspari
Anouschka im Dauerstress (Band 4)

Peter Weissflog
Die Entführung (Band 5)

Margit Kollmar
Sissi will ein Junge sein (Band 6)

Gaby Schuster
Die Lieblingsfeindin (Band 7)

Peter Kuntze
Melinas Geheimnis (Band 8)

Tina Caspari
Kamera ab, Action! (Band 9)